AF343868

TRANSATLANTIQUES.

ET

QUELQUES POÉSIES.

TRANSATLANTIQUES

ET

QUELQUES POÉSIES,

par Hector Tournilhon,

LIEUTENANT AU 67ᵉ DE LIGNE.

DUNKERQUE.
IMPRIMERIE DE DROUILLARD.
1841.

STANCES.

Jamais je ne te vois, ô jeune et belle fille
Dont j'ignore le nom, le rang et le destin,
Jamais je ne te vois ailleurs qu'en ton jardin
A travers les barreaux d'une maudite grille,
Et je brûle pour toi d'un délirant amour,
Et j'éprouve une peine odieuse, imprévue,
    Aussitôt que, sans t'avoir vue,
    La nuit vient succéder au jour.

Cent fois, auprès des lieux qu'enlaidit ton absence,
Du matin jusqu'au soir je promène mes pas,
Triste quand je ne puis contempler tes appas,
Heureux et satisfait de ta seule présence;
Je m'enivre, en passant, de l'éclat de tes yeux,
Je crois voir un sourire éclairer ta figure,
    Et de ta blonde chevelure
    Je caresse les flots soyeux.

Si ton cœur virginal ne s'ouvre point encore
Aux tendres sentiments que tu sais inspirer,
O toi qu'à deux genoux je voudrais adorer,
Prends pitié du tourment qui partout me dévore :
Ne sois point insensible à ma discrète ardeur,
Ne désapprouve pas mon amoureux délire,
    Ajoute une corde à ma lyre,
    Ajoute une fibre à mon cœur.

PETIT COURRIER DE PARIS.

Paris, 6 mai 1840.

SOMMAIRE: *La Renaissance vient de renaître. — Cosima et Georges Sand. — De quelques théâtres de Paris. — Mazagran. — Mariage des hommes de lettres et des femmes de paroles. — Pérégrinations raisonnées. — Nouvelles satires de M. Aug. Barbier. — Les Guêpes de M. Karr. — Les Rayons et les Ombres de M. Victor Hugo.*

En me proposant de vous adresser de temps à autre une petite revue parisienne, je crois payer une dette à votre journal qui a accueilli et publié si long-temps mes élucubrations littéraires. La certitude que j'ai acquise de compter beaucoup de lecteurs bienveillants parmi vos abonnés, contribuera à rendre ma tâche plus facile.

Néanmoins je crains encore d'avoir commencé ce travail un peu trop tard. En effet, le salon de 1840 vient de se fermer; Longchamps a terminé ses élégantes promenades; les théâtres voient déjà diminuer le chiffre de leurs recettes; la verdure et les fleurs font émigrer à la campagne les plus ravissantes Parisiennes; les soirées dansantes et musicales ne sont plus de saison, et, en un mot, j'appréhende fort de ne pas rencontrer maintenant tous les matériaux, tous les éléments qui doivent entrer dans la coordination de mes notes. D'un autre côté, j'ai à cœur de ne point vous envoyer des nouvelles déjà connues par vos habitués, des réflexions déjà faites par les feuilles publiques que vous lisez, et, avec toute la meilleure volonté du monde, il me sera souvent difficile d'éviter cet écueil.

Le théâtre de la Renaissance a été fermé au public pendant quelques jours ; on craignait (et ces craintes ne sont pas encore entièrement dissipées) que cette salle qui a rendu de si grands services à l'art dramatique, ne fût définitivement rayée de la liste des spectacles de la capitale. Tous ceux qui aiment le progrès et voient dans la concurrence un utile et noble stimulant, — tous ceux qui déplorent la fermeture de l'*Odéon* et sont pénétrés de la nécessité de ne point laisser la haute-comédie et la tragédie sous le monopole exclusif de la rue Richelieu, — tous ceux enfin qui sentent le besoin indispensable d'une double arène où les opéras comiques et sérieux puissent être convenablement représentés, tous ceux-là, dis-je, font des vœux pour que la courageuse persévérance de M. Anténor Jolly soit couronnée d'un plein succès, et le public, nous l'espérons, comprendra assez ses intérêts pour coopérer à la prospérité et à la durée d'un théâtre aussi important. La *Fille du Cid*, cette tragédie dont la poésie si pure et si belle a facilement pallié les quelques défauts, semblait avoir dignement terminé une année théâtrale qui avait donné un nouvel éclat à Casimir Delavigne et à M. Guyon, à Donizetti et à Mlle Thillon, à Frédéric Soulié et à Mme Dorval. Pourtant on nous y fait espérer de nouveaux chefs-d'œuvre, on nous y promet de belles compositions de Donizetti, d'énergiques inspirations de Népomucène Lemercier, etc., etc., etc., etc.

Aux Français, où l'on a réengagé Mme Dorval, conservé Mlle Mars, encouragé Mlle Doze et acheté Mlle Rachel, on a joué ces jours derniers un drame de Georges Sand, ayant pour titre *Cosima*. Il a été reçu plus que froidement. La juste et grande célébrité de son auteur n'a pu détruire l'impression défavorable qu'il a inspirée et dont il ne se relèvera point. Ainsi dans peu de temps nous avons vu pâlir devant les rampes de la scène les deux noms les plus répandus, les plus éclatants de la *littérature facile* (expression de M. *Nisard*). Ainsi, M. de Balzac, le plus fécond et le plus spirituel de nos romanciers, d'un côté, et Georges Sand, le peintre le plus énergique du cœur et l'un des prosateurs les plus élégants de ce siècle, viennent échouer là où d'obscures médiocrités réussissent. Ce n'est pourtant pas faute de talent, car, esprit de coterie à part, nul ne peut leur en refuser. Et il est probable que ce qui leur manque n'est que l'habitude du métier. La charpente, la contexture d'une pièce s'apprend, mais leur imagination, leur génie ne s'acquiert pas, et je crois pour ma part que ces deux grandes renommées sauront prendre bientôt une éclatante revanche. On leur a appris qu'il y avait une grande différence entre le roman et le drame, entre les sensations froides du cabinet et les impressions instantanées des galeries, entre les lecteurs d'un salon et les auditeurs d'un parterre. Du reste, le public qui a sifflé *Cosima* a applaudi le nom de *Sand :* et il agissait ainsi certainement moins par galanterie pour le sexe de l'auteur que par respect pour un mérite incontesté et incontestable.

Le *Vaudeville*, avant la fin de ce mois, quittera les boulevards et transportera ses flons-flons et sa gaîté sur la place de la Bourse où il remplacera l'*Opéra-Comique*. Ce dernier doit incessamment s'installer, près du boulevard des Italiens, dans cette ancienne salle que l'incendie avait dévorée et que les beaux-arts viennent de reconstruire. M. Séchan, à qui vous avez confié les décors de votre théâtre de Dunkerque, est chargé de peindre la coupole de ce bel édifice, dont la magnificence, l'élégance et le bon goût font le sujet de toutes les conversations.

Le glorieux fait d'armes de Mazagran a mis en veine une foule de versificateurs et de prosateurs de tous genres. Les spectacles des boulevards comme de la banlieue lui doivent une nombreuse affluence de spectateurs et, chez Mme *Saqui* comme chez *Franconi*, un public toujours enthousiaste va s'enivrer chaque soir de la fumée du salpêtre et applaudir à outrance la phrase obligée : *Le capitaine Lelièvre est un fameux lapin.* On ne saurait croire combien de mauvais couplets, de piètres dithyrambes, d'insignifiantes pièces ont surgi inspirés par cette belle affaire. Je m'estime heureux de pouvoir citer parmi toutes ces compositions plus ou moins bonnes le petit poème que M. Honoré Morel, jeune artiste, a lu dernièrement sur le théâtre du Panthéon. Il se distingue par un talent remarquable. Permettez-moi de vous en transcrire quelques vers et dites-moi ensuite s'ils ne répandent pas autour d'eux comme un parfum antique qui charme et anime tout à la fois :

> Soldats de Mazagran, lions de la bataille,
> Salut !... Vous êtes grands contre tous; votre taille
> Jette de l'ombre au front des plus braves soldats.
> Que nous font les guerriers de l'âge poétique ?...
> Nous avons maintenant, comme la Grèce antique,
> Nos héros, nos Léonidas.
>
> Salut à vous, salut, ô Français de notre âge !
> Eclairs impétueux tombés d'un ciel d'orage,
> Les siècles à venir, etc., etc., etc......

Le peu de succès de Georges Sand n'effraie pas nos dames ; la Comédie-Française va jouer prochainement une nouvelle pièce de Mme Ancelot qui compte déjà beaucoup de succès et qui a tant fait couler de larmes dans *Marie, ou Trois époques.*

Le vent des coulisses est tout-à-fait au mariage des hommes de lettres et des femmes de la scène: M. Viardot vient d'épouser devant le maire du 2e arrondissement Mlle Pauline Garcia, et vous vous rappelez que naguère Mlle Ida Ferrier s'est également unie à M. Alexandre Dumas. Ce dernier, après avoir jeté un roman à l'avidité dévorante de ses lecteurs, vient de partir pour l'Italie où il va ouvrir son âme à de nouvelles *Impressions de voyage* et son carnet à des notes et renseignements nécessaires, dit-on, au confectionnement d'un nouveau drame historique. Du reste, ces pérégrinations lointaines deviennent à la mode dans le monde savant, et les peintres des sentiments du cœur finiront par avoir un jour à leur disposition un daguerréotype d'un autre genre pour aller reproduire sur les lieux mêmes qui les ont vu naître les grands crimes et les nobles actions. Fontenelle pouvait bien parler de la lune sans y avoir monté comme Cirano de Bergerac ; mais on ne peut maintenant bien écrire qu'après avoir levé des plans topographiques et compulsé bien loin les cartulaires que l'on peut trouver bien près.

M. Auguste Barbier vient de publier, sous le titre de *Nouvelles satires,* deux longues pièces de vers. Dans la première, — *Pot de vin,* — le poète attaque et flétrit la corruption politique et ces étranges capitulations de conscience dont on accuse certains hommes d'état et dont je ne dois pas me faire juge ici ; dans la seconde, — *Erostrate*, — il s'est proposé un but éminemment moral, celui de guérir notre époque de cette fièvre de gloire ou plutôt de célébrité qui semble étendre sa contagion sur tous les rangs et sur tous les âges. L'auteur des *Iambes* et de *la Curée* n'y a pas toujours conservé la verve énergique et mordante qui distingue ses premières productions. On regrette de rencontrer, à côté de tirades dignes de son beau talent, des images basses, des expressions triviales qui choquent le bon sens et les oreilles... — Qui pourrait aimer l'orgie où la France veut épouser *Pot-de-vin* qui lui répond galamment :

> » ...Le bonheur m'accable et me semble si fort
> Qu'il pourrait à vos pieds m'étendre comme un mort. »

Et cette pauvre France, pour qui *danseurs*, *batteurs de planches jouent de la langue et des hanches*,

> « Ne songe plus qu'à dépenser de l'or,
> » A dorer les habits de tous les gens de guerre
> » Pour qu'ils tiennent en paix le taureau populaire,
> » A donner des repas, des fêtes et des jeux,
> » A parler moins au cœur qu'à *la panse* et qu'aux yeux. »

On peut lui reprocher aussi, mais plus rarement, un laisser-aller et des négligences que la poésie ne tolère pas, comme :

> « *Car* l'homme ne vit pas *absolument* de pain :
> » Il vit de sentiment et son cœur en a faim.
> » *C'est pourquoi* tu ne peux borner ta noble vie
> » Aux faciles travaux de l'aveugle industrie, etc. »

Près de ces taches et autres plus apparentes encore, on trouve, je le répète, de magnifiques pages et de belles pensées exprimées en beaux vers. Cette publication doit donc, tant à cause du nom de son auteur que par son mérite intrinsèque, ne pas rester sans quelque retentissement dans le monde littéraire. Du reste, le poème d'*Erostrate* y est bien supérieur à celui qui a pour titre le *Pot de vin*.

Si je n'avais pas déjà dépassé les bornes dans lesquelles votre feuilleton me circonscrit, je vous dirais quelques mots des

Guêpes d'Alphonse Karr dont les piqûres plaisent à tous ceux qu'elles ne blessent pas et qui sont lues et relues avec avidité ; des poésies de Mme Hermance Lesguillon qui sont empreintes d'un charme tout particulier et d'une expansion harmonieuse et tendre.

Il a paru ce matin un nouveau volume de poésies de M. Victor Hugo. Il avait été annoncé hier par beaucoup de nos grands journaux qui en publiaient simultanément quelques échantillons *pris au hasard dans le recueil.* Ce grand poète dont je respecte même les écarts, a droit à quelque chose de plus qu'une simple mention. La supériorité de son génie, la vigueur de son imagination, l'originalité souvent sublime de ses idées, la fécondité toujours inépuisable de son esprit, l'élèvent bien au-dessus de ses nombreux détracteurs. Je tâcherai donc de vous adresser bientôt un feuilleton sur son nouvel ouvrage. La bizarrerie de son titre, — *Les Rayons et les Ombres,* — me rappelle la fin de la préface que M. Hugo lui-même avait écrite en tête de ses *Chants du crépuscule* et me fait penser qu'il est parti du même point qu'alors. Les fragments que j'en ai déjà lus m'ont confirmé dans cette pensée. Voici du reste comment il s'exprimait le 25 octobre 1835 :

« Dans ce livre, bien petit cependant en présence d'objets
» si grands, il y a tous les contraires, le doute et le dogme,
» le jour et la nuit, le coin sombre et le point lumineux,
» comme dans tout ce que nous voyons, comme dans tout
» ce que nous pensons en ce siècle ; comme dans toutes nos
» théories politiques, comme dans nos opinions religieuses,
» comme dans notre existence domestique, comme dans l'his-
» toire qu'on nous fait, comme dans la vie que nous nous faisons. »

A M. DE LAMARTINE

en lui adressant un volume de mes *Mélanges.*

De mes faibles travaux vous présenter l'hommage
C'est vous payer, je crois, un droit originel :
Oui, mes chants jusqu'à vous retournent sans partage
Comme l'eau vers la mer et le feu vers le ciel ;

Si j'ai pu quelquefois obtenir de ma lyre
Un son mélodieux, un accord doux et fin,
C'est que j'ai, près du lac, entendu votre Elvire
Et que, sur les glaciers, j'ai suivi Jocelin.

Qui ne connaît l'attrait de vos divins ouvrages?...
Ils plaisent aux vieillards comme aux adolescents,
Et leur génie heureux, régnant sur tous les âges,
Emeut l'enthousiasme ou charme le bon sens.

L'indulgence au talent sert toujours d'apanage ;
Vous en aurez pour moi, pour mes nouveaux essais,
Et je m'estimerai fier de votre suffrage :
Il sera pour mon cœur aussi beau qu'un succès.

PETIT COURRIER DE PARIS.

Paris, 22 mai 1840.

SOMMAIRE : *Les cendres de Napoléon. — De quelques spéculations de librairie. — Du retour aux saines doctrines littéraires. — Augustin Thierry et quelques autres historiens.
— L'abbé Prompsault. — Une fable de Viennet. — Nouvelles des théâtres. — Quelques vers de Victor Hugo. —
Un mot sur le salon de 1840.*

La translation des cendres de Napoléon met en ébullition
toutes les intelligences de notre époque. Architectes, sculp-
teurs, peintres, poètes, s'arment de marteaux, de ciseaux,
de pinceaux, d'ébauchoirs et de plumes. C'est à qui élèvera
un plus beau monument à cet homme extraordinaire, qui,
après sa mort comme pendant sa vie, ne peut faire parler de
lui sans causer un ébranlement universel. Le mausolée qui
doit lui être consacré sous le dôme des Invalides ne sera pas,
dit-on, le seul édifice que cette nationale cérémonie fera surgir dans la capitale : il est question aussi d'une statue éques-
tre pour lui et de quatre autres statues pour ses fidèles compagnons d'armes — Desaix, Kléber, Lannes et Bessières. Un
libraire vient de faire un appel aux poètes de toutes les opinions et promet de réunir sous le titre de *Couronne poétique
de Napoléon*, tous les chants que cette grande ombre va inspirer. Il faut espérer en outre qu'avant que ce noble cercueil
soit arrivé à l'embouchure de la Seine, l'église de France aura
enfin accouché d'un archevêque de Paris et qu'on entendra avec

recueillement une oraison funèbre digne de cette gigantesque renommée.

Les spéculations de la librairie ont parfois un quelque chose d'ignoble et de mercantile qui fait pitié lorsqu'il ne provoque pas le dégoût. Quoi de plus nauséabond par exemple que ces souscriptions ouvertes pour la publication des procès encore non commencés de la dame Laffarge et d'Eliçabide?... Le crime de Glandier, le triple assassinat de la Villette et de Bordeaux n'ont pas pu être déjà stigmatisés par la justice humaine et des gens se rencontrent qui calculent les bénéfices, les lucres qu'ils doivent recueillir en remuant cette boue, ces scandales, ces horreurs!... Cette année a été témoin d'étranges choses : un auteur qui s'était fait l'apologiste de Peytel a voulu ennoblir le bagne sur la scène ; deux feuilles soi-disant religieuses, sans respect pour la majesté de la tombe, insultent chaque jour le guerrier à qui la France a dû le redressement des autels ; la presse politique vend ses convictions au poids de l'or et l'imprimerie, ce vaste et puissant levier, se salit au contact des forfaits qu'elle publie pour s'enrichir. Où allons-nous donc?...

Heureusement tout fait présager qu'une utile et prompte révolution va s'opérer dans le monde littéraire. Le défunt romantisme n'a quasi plus d'écho nulle part ; on revient à la saine et bonne littérature. Les chefs de la nouvelle école donnent les premiers l'exemple du retour aux vieilles doctrines. Pour être lu maintenant, il faut autre chose que des grands mots vides de sens et des inversions veuves d'images. Il n'est pas jusqu'au roman qui ne prenne une couleur plus grave, plus noble, plus instructive, et, depuis la *Rose de Dékama* traduite par Defauconpret jusqu'à la *Charlotte Corday* écrite par Esquiros, on lit peu de nouveautés qui n'empruntent leurs charmes à des souvenirs historiques et attachants. Nos académies ont de dignes encouragements à répandre. M. Augustin Thierry vient de voir convenablement couronner ses utiles et savantes recherches sur *les Temps mérovingiens* ; naguère M. Gustave de Beaumont a remporté le grand prix Montyon pour son bel ouvrage sur l'*Irlande* ; l'*Histoire de Napo-*

léon vient de placer M. Laurent de l'Ardèche à côté des Norvins, des Tissot, des Bignon ; M. de Tocqueville a livré au public ses observations sur *la Démocratie en Amérique*, et M. Guizot a publié *la Vie de Washington*. Ces grands travaux et bien d'autres semblables prouvent irréfragablement la nouvelle et bonne direction que prennent les sciences intellectuelles. D'utiles entreprises se parachèvent dans l'ombre : un de mes compatriotes, un de mes amis, M. Prompsault, aumônier des Quinze-Vingts, poursuit dans le silence du cabinet un *Dictionnaire universel de la langue latine*. Cet immense travail, hérissé de tant de difficultés et capable de décourager le lexicographe le plus intrépide, est pourtant continué par M. Prompsault, avec une constance d'autant plus méritante qu'elle est plus rare de nos jours. L'auteur, non content de dépenser, pour ces utiles élucubrations, et son temps et ses veilles, se voit bien souvent obligé de sacrifier ses économies à l'achat des vieux documents qui lui sont indispensables ; sous tous les rapports il se montre de plus en plus digne des nombreux éloges que tous les savants se plaisent à lui donner. Dans une époque où les débauches d'esprit, où les productions futiles obtiennent tant de vogue et élèvent le matin des réputations que le soir fait tomber, il est bon, il est nécessaire peut-être d'apprendre à ceux qui l'ignorent, qu'il y a encore parmi nous des écrivains patients et consciencieux qui ne s'effraient pas d'un ouvrage exigeant dix ou quinze ans de pénibles assiduités, et qui poursuivent dans le silence l'achèvement d'un monument gigantesque, mais utile. M. l'abbé Prompsault compte parmi ceux-là, et les hommes de lettres qui voudront consulter le prospectus qu'il a publié à ce sujet, seront promptement convaincus que tous les lexiques latins antérieurs sont incomplets et insuffisants. Comme nous reparlerons un jour de ce dictionnaire, nous nous bornons aujourd'hui à ces quelques mots, heureux d'avoir en passant jeté quelques fleurs sur le terrain aride que fouille le laborieux aumônier, et d'avoir appelé le concours et l'encouragement des esprits élevés sur une entreprise qui doit exercer une si grande et si belle importance dans le monde savant !

La séance des cinq académies, qui a eu lieu dernièrement, a été loin d'être une grande solennité littéraire comme on aurait droit de l'espérer; pourtant M. Viennet y a lu des fables fort spirituelles, et je ne puis me refuser au plaisir de vous en adresser une sous ce pli :

LA QUEUE DES SINGES.

Dans Singopolis, des singes capitale,
    Par une mort prompte et fatale
Venaient d'être emportés les deux bouffons du roi.
    C'était, chez la gent grimacière,
Un poste de faveur, un éminent emploi,
    Une façon de ministère.
Trois partis le briguaient, et le peuple en émoi
Attendait le succès de cette grande affaire.
Les pongos, les loris, les magots, le gibbons
Présentaient deux jockos dont ils prônaient d'avance
    Et la souplesse et la science.
    La plus forte de leurs raisons,
C'est qu'ils étaient sans queue, et que cette excroissance,
    Cet excédant de poil et d'os,
Ce vain prolongement de l'épine du dos
Attestait une étroite et lourde intelligence.
    Les guenons et les sapajous,
    Les talapoins et les malbroucks,
Singes à longue queue, affirmaient au contraire
Que, pour avoir du goût, de l'esprit, du talent,
    Une queue était nécessaire;
Que même le mérite était à l'avenant
De cet incrementum de la moelle épinière;
    Et deux mâles, dont cette faction
    Appuyait la candidature,
Proclamaient hautement que, sans cette parure,
Un singe n'était plus qu'un méchant embryon,
    Un monstre, une erreur de nature.
Un troisième parti luttait des quatre mains
    Pour deux mandrilles à face bleue.
C'étaient les papions, unimons et babouins.
Ils ne contestaient pas le besoin d'une queue;
Mais la leur était courte, et leur avis était
Que des excès en tout il fallait se défendre,
Qu'en un juste milieu le sage se tenait;
    Et les mandrils étaient, à les entendre,

> Les candidats qu'il fallait prendre.
> Le roi, qu'embarrassaient leurs contraires avis,
> Les prit l'un après l'autre, et, comme le pays,
> Reconnut qu'une fois investis de leurs places,
> Les mandrils, jockos et makis
> Faisaient tous les mêmes grimaces.

> Tels sont du pôle arctique aux champs des Patagons
> Les partis et les coteries.
> S'agit-il d'un fauteuil dans nos académies,
> De ministres ou de bouffons,
> Chacun pousse les siens, siffle ses adversaires,
> Promet beaucoup et tient fort peu.
> Le train du monde n'est qu'un jeu
> De charlatans et de compères :
> Ce qu'on appelle queue à Simiopolis,
> Ils le nomment ici progrmmes ou systèmes ;
> Mais leurs grimaces sont les mêmes,
> Et les plus amusants ne sont pas à Paris.

Quant aux autres nouvelles de la littérature et des arts, je vais vous dire à la hâte

Que Rachel continue à attirer la foule aux Français, que la reprise de *Polyeucte* y a parfaitement réussi et qu'on y annonce une tragédie de M. de Lamartine ;

Que le théâtre de la Renaissance est malheureusement et indéfiniment fermé, qu'un de ses meilleurs acteurs, Guyon, attire beaucoup de monde à l'Ambigu d'où il va partir pour la province ;

Que l'Opéra-Comique s'est définitivement installé à l'ancien théâtre italien, dont les lustres de cristal, les candelabres, les figurines, les cariatides, les camaïeux, les divans et les glaces font un palais féerique et merveilleux. *Zanetta*, nouvel opéra de Scribe, joué par Mme Damoreau, y a complètement réussi ;

Que le Vaudeville, qui depuis l'incendie de la rue de Chartres était au boulevard Bonne-Nouvelle, est maintenant à la place de la Bourse, ainsi que je vous l'avais annoncé dans mon précédent courrier ;

Que le Cirque-Olympique de Franconi, transfuge du boule-

vard du Temple, voit chaque soir un grand nombre de spectateurs applaudir dans les Champs-Elysées la belle et charmante Lejears, ainsi qu'Auriol et Charles, les deux *clowns ;*
on n'y voit plus la *Ferme de Montmirail,* et la *Défense de
Mazagran* et les évolutions équestres y sont réellement admi-
rables.

Les Rayons et les Ombres de M. V. Hugo, après avoir été
bruyamment annoncés à leur apparition, occupent un peu
moins les cent mille voix de la presse ; il s'y trouve pourtant
de bien belles pages, et les quelques défauts qu'il doit être le
premier à y reconnaître, y sont partout rachetés par d'incom-
parables beautés. Il est à remarquer que le poète y a été beaucoup moins prodigue des inversions, des hardiesses, des en-
jambements que la critique a blâmés avec raison dans beaucoup
de ses premières productions, témoin le morceau suivant :

A UN POÈTE.

Ami, cache ta vie et répands ton esprit.
Un tertre, où le gazon diversement fleurit ;
Des ravins où l'on voit grimper les chèvres blanches ;
Un vallon abrité sous un réseau de branches
Pleines de nids d'oiseaux, de murmures, de voix,
Qu'un vent joyeux remue, et d'où tombe parfois,
Comme un sequin jeté par une main distraite,
Un rayon de soleil dans ton âme secrète ;
Quelques rocs, par Dieu même arrangés savamment
Pour faire des échos au fond du bois charmant ;
Voilà ce qu'il te faut pour séjour, pour demeure !
C'est là, — que ta maison chante, aime, rie ou pleure, —
Qu'il faut vivre, enfouir ton toit, borner tes jours,
Envoyant un soupir à peine aux autres sourds,
Mirant dans ta pensée intérieure et sombre
La vie obscure et douce et les heures sans nombre,
Bon d'ailleurs, et tournant, sans troubles ni remords,
Ton cœur vers les enfants, ton âme vers les morts !
Et puis, en même temps, au hasard, par le monde,
Suivant sa fantaisie auguste et vagabonde,
Loin de toi, par-delà ton horizon vermeil,
Laisse ta poésie aller en plein soleil !
Dans les rauques cités, dans les champs taciturnes,
Effleurée en passant des lèvres et des urnes,

Laisse-la s'épancher, cristal jamais terni,
Et fuir, roulant toujours vers Dieu, gouffre infini,
 Calme et pure, à travers les âmes fécondées,
Un immense courant de rêves et d'idées
 Qui recueille en passant, dans son flot solennel,
Toute eau qui sort de terre ou qui descend du ciel!
Toi, sois heureux dans l'ombre. En ta vie ignorée,
Dans ta tranquillité vénérable et sacrée,
Reste réfugié, penseur mystérieux!
Et que le voyageur malade et sérieux
Puisse, si le hasard l'amène en ta retraite,
Puiser en toi la paix, l'espérance discrète,
L'oubli de la fatigue et l'oubli du danger,
.. Et boire à ton esprit limpide, sans songer
 Que, là-bas, tout un peuple aux mêmes eaux s'abreuve.
Sois petit comme source et sois grand comme fleuve.

Avril 1839.

Une exposition publique des produits des manufactures royales de Sèvres, des Gobelins et de Beauvais, a succédé au Louvre au salon de 1840. Ce salon dont je ne vous ai presque pas parlé, laisse d'amères réflexions dans le cœur de ceux qui l'ont étudié consciencieusement; les uns se récrient contre l'omnipotence et les caprices du jury; les autres trouvent qu'il a encore accordé les honneurs de l'exposition à beaucoup trop de nullités; ceux-ci voient avec douleur le petit nombre des grands tableaux réduits à quelques peintures bibliques ou mystiques, parce qu'il n'y a guère que les églises qui en font l'acquisition, etc., etc. Tout cela n'est malheureusement que trop vrai.

HUITAIN

POUR L'ALBUM DE MADAME P. DE B**.

Pourquoi de votre Album me rendre tributaire?...
Les vers d'un inconnu ne l'enrichiront pas;
Il est et deviendra sans moi dépositaire
De chants remplis de goût , de douceur et d'appas.
N'importe, bien ou mal j'augmenterai leur nombre,
Et ces grands noms inscrits près de mon nom obscur,
N'en brilleront que mieux , je l'espère : ainsi l'ombre
Aux couleurs d'un tableau prête un éclat plus pur.

PETIT COURRIER DE PARIS.

Paris, 6 juin 1840.

SOMMAIRE: *Mystifications imprimées.* — *M. E. Briffault.* — *F. Soulié.* — *Fables de F. Jacquier.* — *Soirées du Gaillard-d'arrière.* — *Des théâtres de Paris.*

La confiance exclusive que, dans beaucoup de villes de province, on accorde précipitamment à toutes les nouvelles que publie la presse parisienne, est un mal d'autant plus dangereux qu'il a déjà fait d'immenses progrès quand on veut ou qu'on peut essayer de le guérir. Je ne veux point parler ici de ces lettres *particulières*, de ces conversations *intimes*, de ces rapports *anodins*, que chaque journal se croit en droit d'accueillir et de propager avant, pendant et après nos expéditions d'Afrique, et qui souvent affectent plus qu'ils ne tranquillisent une population intéressée à la gloire de nos armes. Non, je ne touche point cette corde-là, moi : homme de lettres dans mes moments de loisirs, je ne permets pas à ma plume de s'agiter au vent des partis ou au souffle des passions, et ce n'est que sous le rapport littéraire ou artistique que j'envisage les sujets qu'il me convient de traiter dans ce feuilleton. Ainsi quand je regrette infiniment de voir le journalisme se prêter à des mensonges ou à des calomnies, ce n'est pas que je ne sois intimement convaincu que le journalisme, — par cela même qu'il est dirigé par des hommes, — est sujet à des erreurs toujours excusables quand elles sont consciencieuses ; mais c'est qu'il en est qui sont commises sous l'influence d'un indigne calcul, d'un misérable trafic et qui tous les jours trompent la religion des lecteurs bénévoles. Parmi ces mystifications imprimées qui ont rapporté quelques francs à leurs inventeurs et qui, — sans être encore démenties sans doute, — ont été avidement reproduites par les feuilles départementales, je vous citerai, en passant, *la guillotine à Constantinople; — une aventure arrivée à Fanny Elssler à bord du* Great-Western ; — *un effet de vocalisation produit sur un sourd-muet par* Mme *la comtesse Merlin à New-York ;* et une infinité d'autres contes faits à plaisir, qui sont payés à la colonne à ceux qui les font et crus avec une simplicité surprenante par ceux qui les lisent. On peut mettre à côté de ces *blagues* (passez-moi le mot) presque tous les comptes-rendus de la police correctionnelle et principalement ceux des conseils de discipline de la garde nationale. Que cette boutade ne vous fasse point croire qu'il faut se défier également de tout ce qui sort de l'imprimerie de Paris. Qu'à Dieu ne plaise ! Elle est et sera long-temps le plus vaste foyer de l'intelligence, de la philosophie et de l'histoire. Les manœuvres littéraires qui pétrissent ou portent le mortier ne comptent pas encore et ne compteront peut-être jamais parmi les ouvriers et les architectes qui élèvent et continuent l'édifice social. Nous sommes fiers de la foule d'écrivains qui s'accroît de jour en jour. Il en est dont le mérite, le désintéressement et l'indépendance ne peuvent pas être un problème. A peine quelques heures se sont écoulées depuis que la tribune des députés a révélé certaines turpitudes et déjà la noble indignation de la presse y a répondu dignement. Voyez plutôt ces quelques lignes tracées par M. Eugène Briffault, qui partage avec M. J. Janin le sceptre du feuilleton parisien :

« Les séances du budget sont rarement gaies et divertissan-
» tes ; cette année, elles ont fait exception ; à propos du chapi-
» tre des encouragements littéraires, la liste des canonicats
» lettrés courait sur les bancs de la députation, et l'on s'é-
» battait sur le compte des bienheureux de cette double pré-
» bende dont les grâces se distribuent dans deux abbayes

» ministérielles. On trouvait dans cette légende mille noms
» d'illustres inconnus; on y voyait des pseudonymes comme
» au bas du feuilleton, et des doubles noms qui touchent
» des deux mains. Les mieux rentés d'entre les beaux esprits
» se révélaient tout-à-coup et sortaient de l'obscurité dans
» laquelle leurs œuvres les laissaient enfouis; mais ce qui a le
» plus édifié l'assemblée, c'est le désintéressement de quelques
» nobles auteurs qui joignent de gros secours à de grosses
» fortunes, sans doute afin d'empêcher que ces fonds ne tom-
» bent en de méchantes mains et ne soldent des doctrines
» perverses. Nous nous réjouissons de cette transparence; ce
» n'est pas encore la publicité, mais ces ténèbres visibles sont
» un acheminement vers la lumière; il est bon que la subven-
» tion, comme l'allégorie, habite un palais diaphane. Au moins
» ceux que la calomnie a poursuivis avec tant d'acharnement
» pourront en appeler à cette liste des bénéfices, et il est juste
» que l'on connaisse enfin quels sont ceux qui vivent loyale-
» ment de leur labeur et ceux qui vivent honteusement de
» secours qu'il faut laisser soit à l'encouragement des idées
» jeunes, utiles et fécondes, soit à la récompense des travaux
» profitables, soit au soutien de vieillards qui ont conquis
» leur admission dans le prytanée de l'intelligence. La publi-
» cité n'a rien qui puisse faire rougir ces pensionnaires de
» l'état: leurs lumières ou leur gloire paient les bienfaits du
» pays; mais la publicité doit signaler et flétrir l'audace et
» l'impudence des mendiants et des vendeurs. »

La souscription que la translation en France des cendres de
Napoléon avait fait commencer, est regardée comme non-
avenue; mais les publications diverses que cette cérémonie
funéraire a inspirées n'en rentrent pas moins dans notre domaine. J'en ai lu beaucoup, et malheureusement presque toutes sont pitoyables. Ce n'est pas de l'eau tiède qu'il faut verser
sur des âmes ardentes, sur des têtes volcanisées. Que de vers
froids pour dire de chaudes pensées! que de petits poèmes
pour rappeler ces gigantesques épopées! Pourtant M. Frédéric
Soulié a noirci quelques belles pages sous le titre de *Tombeau
de Napoléon*. Il est fâcheux que la tournure poétique de sa

phrase et de ses images donne à son ouvrage quelque chose de prétentieux et d'apprêté qui ne lui sied guère et dont il avait moins besoin qu'un autre. M. Villenave fils a publié à cette occasion un poème plein de verve et de sentiment.

Un nouveau recueil de fables par Frédéric Jacquier vient de paraître ; mais il n'a rien de remarquable. Une poésie peu châtiée quoique souvent grâcieuse en dépare les plus jolis morceaux. On a le droit en France d'être difficile pour ce genre de composition où nous comptons de grands maîtres : depuis l'inimitable Lafontaine, Florian, Bailly, Arnaud, et de nos jours MM. Viennet et Naudet nous ont habitués à lire des fables où le bon goût et la saine morale ont trouvé de dignes interprètes.

La presse est réellement une bonne fille ; elle accorde indifféremment ses faveurs à tous les partis, et ceux mêmes qu'elle a tués cherchent à revivre par elle : sous le titre de *Lettres de Londres*, les bonapartistes répandent gratis des nouvelles du prince qu'ils ont choisi pour chef, et les légitimistes donnent à qui en veut une *Vie populaire de Henri de France*. Avis aux amateurs.

M. Jal vient de mettre au jour un ouvrage intitulé *Soirées du Gaillard-d'arrière*. On en dit beaucoup de bien. J'aime mieux le croire que de m'en assurer. Je préférerais (et ce n'est pas peu dire) pécher toute une journée à la ligne que de lire un roman maritime ; car je serais le plus malheureux de France et de Navarre si je ne pouvais me soustraire à cette assommante corvée. A propos de mon horreur insurmontable pour cette espèce de littérature, j'ai quasi l'envie de citer quelques vers de moi. Au fait, je ne serais pas le premier qui n'aurait pu résister à une pareille tentation, et comme la satire d'où je les extrais ne sera jamais achevée, ce sera toujours autant de sauvé de l'oubli :

J'aime à me figurer un auteur maritime
En travail d'un roman qu'avec ordre il *arrime :*
L'onde amère au goudron jointe dans l'encrier
En aquatiques mots coule sur son papier ;
L'arête d'un requin en plume travaillée

Par la hache du *bord* paraît être taillée ;
Il fait, selon son goût, rire ou gronder les flots,
Aux *vergues des huniers* suspend les matelots,
Et, semant tour-à-tour et le calme et l'orage,
Vous représente un brick à l'élégant corsage
Allongeant, avec grâce et sans le moindre effort,
De l'arrière à l'avant sa ligne de sabord.
Mais, pour l'apprécier, il devient nécessaire
D'aller à chaque instant compulser un glossaire,
Et du *fond de la cale* au sommet d'*artimon*
Pour cent mots incompris on se donne au démon.
N'importe ; bienheureux est l'écrivain nautique :
On apprend à parler sa langue inharmonique ;
Par ses cordages noirs on se trouve amarré,
Et moins on le comprend plus il est admiré. Etc., etc.

L'Académie royale de musique fermera le 15 de ce mois. Des réparations intérieures dont la dépense s'élèvera, dit-on, à soixante mille francs, sont cause de cette fermeture momentanée. La *Renaissance* r'ouvrira alors ses portes au public. Puisse cette nouvelle résurrection être plus heureuse que les précédentes. Le comité dramatique, présidé par M. Casimir Delavigne, a adressé dernièrement à qui de droit une pétition pour que ce théâtre si important, si essentiel, fût enfin rendu à nos vœux. Il n'aura peut-être pas fait une vaine démarche.

Paganini, décédé à Nice le 27 mai dernier, augmente le nombre des morts célèbres à qui l'église a refusé la sépulture catholique.

La plus grande partie de nos grands artistes sont en voyage : outre Fanny Elssler dont je vous ai déjà parlé, Mlle. Rachel joue *Andromaque* et *Bajazet* à Rouen ; Mlle. Thillon montre *Lucie de Lammermoor* à Lille ; Mlle. Déjazet désopile les rates de Caen dans *Indiana* et *Richelieu* ; Guyon, cachant dans sa poche un engagement définitif avec le Théâtre-Français, répand les belles scènes de *la Fille du Cid* dans les villes où il passe ; néanmoins les salles de spectacles, quoique veuves de leurs premiers sujets, attirent toujours du monde. *Les Gar-*

pons de recette à l'Ambigu, *Zanetta* à l'Opéra-Comique, *Hernani* aux Français, etc., etc., etc., font fureur. Cela ne vous tente-t-il pas un peu?

———

Paris, 22 juin 1840.

SOMMAIRE: *Quelques nouvelles à vol d'oiseau. — Ordre de départ. — Commencement de la fin du* Petit Courrier *de* Paris. *— Voilà!...*

Et j'avais fait une ample moisson de notes pour continuer ma petite revue parisienne;

Et je me promettais, après avoir parlé de la statue de Kléber, le général, de dire quelques mots sur celle qui va bientôt être élevée à Gutemberg, l'ouvrier;

Et je me proposais de vous ouvrir les portes de ces *Trois Châteaux* que l'auteur du *Solitaire* et d'*Ibsiboé* vient de bâtir sur l'arène littéraire;

Et je vous aurais fait entendre les mélodies du Jardin Turc et les symphonies des concerts-Vivienne;

Et, suivant le beau monde que les chaleurs éloignent des théâtres, je vous aurais fait respirer l'air balsamique de la campagne, ou bien je serais parti avec vous pour suivre M. Dumont-Durville sous le cercle polaire antarctique où il vient de découvrir une nouvelle terre;

Et peut-être aussi vous aurais-je chanté la noble guerre qui vient de surgir entre Spontini et l'Opéra, ou le refus peu courtois que quatre chefs-d'œuvre dramatiques sortis de cerveaux féminins viennent d'essuyer au comité de lecture des Français.

Mais l'homme propose et Dieu avec le ministre de la guerre dispose;

Mais je suis obligé de déposer ma plume et de prendre mon sabre ;

Mais, sans savoir où je vais , sans pouvoir dire si c'est pour Ste.-Hélène ou pour Buenos-Ayres , il faut qu'avant le 30 juin je sois rendu à Brest pour faire partie d'*une expédition maritime;*

Et je vous promets que j'y serai , et, si Dieu me prête vie, je vous donnerai là de mes nouvelles. Mes amis (et je suis heureux d'en compter à Dunkerque) ne les liront peut-être pas sans plaisir. Quoiqu'il en soit, si vous en connaissez qui aient des oncles d'Amérique — dans le cas où j'irais sur les rives de la Plata — ou si vous voulez que j'enrichisse votre naissant musée d'une branche du saule qui ombrage l'illustre tombeau — dans l'hypothèse où j'aurais l'avantage de concourir à la translation des cendres du grand homme — je serai content de vous être agréable en quelque chose.

Ainsi, à dater de ce jour, il y a suspension ou suppression de mon *Petit Courrier de Paris.* Vos lecteurs n'y perdront peut-être pas grand'chose, mais j'aurai probablement encore la satisfaction de me faire lire par eux, et soit que je suive l'intrépide amiral Baudin, soit que j'accompagne le noble prince de Joinville, je pourrai sans doute vous adresser quelque chose d'intéressant pour eux et pour vous.

C'est donc à Brest que je vous prie de m'adresser votre prochain numéro.

TRANSATLANTIQUES.

LETTRE Ire.

Sur l'Océan Atlantique, le 24 septembre 1840,
vers le 3° latitude nord et le 18° longitude
Paris, à bord de *l'Adour.*

La corvette de charge *l'Adour,* sur laquelle j'étais embarqué
comme passager depuis le 1er août, attendait, pour faire voile
vers l'Amérique du Sud , d'abord des ordres précis , ensuite
des vents favorables. Les uns et les autres arrivèrent enfin vers
la fin de ce même mois. Le 25, le canon de partance fut tiré;
le 26, remorqués par le bateau à vapeur *le Souffleur,* nous
dépassâmes la roche Mingant; mais la brume était si épaisse
qu'on pensa faire un acte de prudence en ramenant notre navire dans la rade jusqu'à un moment plus opportun. Le 28
enfin nous partîmes tout de bon. *Le Souffleur* nous laissa en-
dehors du Goulet. Le pilote, à la hauteur d'Ouessant, se jeta
dans une embarcation pour retourner vers cette terre que
nous serons tant de jours sans revoir et que plusieurs d'entre
nous ne fouleront peut-être jamais plus.

Nous cessons bientôt de distinguer les côtes de la vieille
Armorique hérissées de tant de falaises et si riches en souvenirs druidiques.

Provenimur portu, terræque, urbesque recedunt.

Poussés par une brise légère, nous doublons le 29 le golfe
de Gascogne et le 31 le cap du Finistère. Nous sommes tellement favorisés que le 5 septembre dès le matin la vue de Madère nous fait penser à ces Portugais qui, parmi tous les Eu-
ropéens, comptent le plus de possessions en Afrique, et que le

6 , vers le soir, les îles Canaries nous rappellent ces Espagnols qui n'y possèdent que cet archipel avec les Présidios. Le 8 , durant la nuit , nous entrons dans les régions intertropicales.

Après avoir salué de loin Bona-Vista, la seconde des îles du Cap-Vert , et marché encore rapidement jusqu'au 13 , nous avons commencé à sentir l'influence du voisinage équatoréal et un calme quasi plein est venu ralentir la course de notre *château-branlant*. Nous avançons toujours un peu néanmoins; mais depuis cette époque jusqu'au moment où je vous écris (c'est-à-dire jusqu'au 24), nous avons employé onze jours pour gagner tout au plus dix degrés en latitude et en perdre trois ou quatre en longitude. C'est vraiment dommage. Nous allions si bien dans le principe ! Il ne nous convient pourtant pas de nous plaindre encore ; car, outre que nous sommes loin d'être au bout de notre traversée , on pourrait être certainement beaucoup moins bien traité par les vents et les flots.

Vous voyez, monsieur , que je mets à profit ces intervalles de calme pour vous donner de mes nouvelles. Il n'en faut pourtant pas conclure que je n'aie pas autant de facilité pour écrire à d'autres moments. Ce serait une erreur : depuis mon départ la mer n'a point été encore assez houleuse pour me gêner à ce point, et jusqu'aujourd'hui le roulis et le tangage ont été si doux que j'ai pu me donner toutes les distractions d'esprit qu'il a convenu à mon imagination, cette *folle de la maison*, selon l'expression de Montaigne.

Nous sommes aussi bien qu'on peut l'être et mieux que je ne l'espérais. *L'Adour*, — en y comprenant les matelots qui composent son équipage, — porte un peu plus de 230 hommes ; et si, — comme on avait lieu de le présupposer avant notre sortie du port de Brest, — la rupture entre l'Angleterre et la France venait à éclater, nous serions certes bien disposés à tenter un abordage avec la première frégate anglaise qui se présenterait. Nous nous trouvons sept officiers passagers , ce qui , avec les six qui forment l'état-major du bord , nous fait asseoir *treize* à table matin et soir. *Treize !* nombre néfaste qui nous annonce irrévocablement que nous mourrons tous ... un jour. Dans cette attente , nous vivons très-confortablement, et quoique déjà depuis quelques semaines nous n'ayons plus ni les légumes frais des marchés, ni la viande sanguinolente des boucheries, ni l'eau limpide de nos villes, nous faisons honneur à d'excellents repas où les conserves alimentaires de Fastier et d'Appert sont toujours bien venues, et où fréquemment nous dévorons oies, canards, poulets et porcs frais. Car, — il faut vous le dire, — nous avons une basse-cour bien peuplée comme dans une grosse métairie de la Beauce ou du Maine. Des provisions de toute espèce ont été faites et, souvent au milieu de l'Océan Atlantique, nous entendons grogner, bêler, glousser ou chanter ces animaux domestiques que nous nourrissons pour qu'ils nous nourrissent et qui parfois ici donnent lieu à d'étranges diversions, à de singulières directions d'idées. Il m'est arrivé d'être réveillé en sursaut au milieu de la nuit par le chant des coqs qui prolongeait parfois les hallucinations d'un rêve. Quand l'illusion momentanée que cette audition inattendue faisait naître n'était pas promptement dissipée par le mouvement que le roulis et le tangage donnaient à ma couchette, elle était bientôt complètement détruite par la voix des maîtres clamant en cadence: *Babordais! m'entendez-vous? debout!... debout!... soulagez la toile!* Ce dernier membre de phrase, ce trope que Dumarsais ne connaissait pas, vaut certainement beaucoup mieux que beaucoup de ceux que l'on offre pour modèles à nos jeunes rhétoriciens, et je compte le recommander à quelques-uns de mes amis à mon retour en France.

Ce réveil en style figuré ne se fait qu'au renouvellement des *quarts* de nuit; mais, après le coucher du soleil, toutes les fois que le timonnier frappe les heures avec le battant de la cloche, les factionnaires se jettent, d'un bout à l'autre du navire, le souhait obligé: *Bon quart devant!... bon quart derrière!...* Moyen d'entretenir la surveillance plus poli et aussi bon que le *Sentinelle, prenez garde à vous!* employé dans le même but par nos soldats de l'armée de terre.

Entre mes repas et quand je me repose de l'étude de la langue espagnole, une bibliothèque assez bien composée et que nous devons à l'obligeance des officiers du bord, fournit une foule d'aliments à mon avidité et m'aide merveilleusement à passer d'une manière plus agréable des heures que la monotonie et le retour des mêmes sensations rendraient fastidieuses et bien longues. Néanmoins mes journées ne sont pas tellement remplies que je n'aie beaucoup de temps à consacrer aux souvenirs intimes, aux affections de famille, à l'amour du pays où je suis né et de la patrie que je sers, à la mémoire des quelques amis que j'y aime et des nombreux envieux qui m'y ont fait tant de mal. Mais je réserve, pour me laisser aller à ces diverses pensées, certaines heures de la nuit qui sont plus propices au recueillement; et souvent, seul ou du moins isolé sur la dunette, je jette un regard rétrospectif sur cet Océan où nous passons sans laisser aucun vestige de notre passage; je tourne mes yeux vers cette étoile polaire que je ne vois déjà plus et qui semblait m'indiquer le point où s'étend notre belle France, alors commencent à se dérouler devant moi mille tableaux plus ou moins variés, plus ou moins intéressants, qui absorbent toute mon attention et me plongent dans une contemplation extatique dont je ne reviens qu'avec regret. On dirait qu'au milieu des émotions intuitives que les flots du passé soulèvent dans nos âmes, les peintures de la félicité sont plus gracieuses, plus aimables, et les images du malheur moins sombres, moins cruelles; vues à travers le prisme de l'éloignement, les peines que nous avons ressenties nous apparaissent moins amères, et les jouissances que nous nous rappelons se reproduisent plus douces. Heureux pourtant qui n'a conservé que la souvenance de ces dernières!...

Vingt-huit jours se sont écoulés depuis que nous avons abandonné la France, et je me vois forcé de vous avouer que j'ai été cruellement désillusionné à l'endroit des jouissances que je m'étais promises d'avance. Me voyez-vous, — avant de mettre à la voile, — créant pour mon usage et pour ma plus grande satisfaction des levers et des couchers de soleil aussi magnifiques que possible; des nuits intertropicales si belles que les délicieuses peintures de Bernardin de St.-Pierre et de Châteaubriand auraient semblé pâles auprès d'elles; de terri-

bles tempêtes où tout devait être à admirer et rien à déplorer;
d'énormes monstres marins qui, transpercés par nos harpons,
devaient venir étaler, sur notre dunette, leurs formes incon-
nues à mes yeux; enfin, une infinité d'autres gentillesses
semblables que, selon moi, Dieu devait m'envoyer pour jeter
quelque diversion, quelqu'agrément, quelqu'instruction sur
mon long voyage. Eh bien! rien, absolument rien de ce que
j'avais attendu ne m'est arrivé. Je me trouve à cet égard le
plus malheureux des trois parties du monde qui m'entourent,
et je ne serais pas surpris si je débarquais à l'embouchure de
la Plata sans avoir tressailli devant une seule de ces jouissances, de ces émotions dont mon âme a soif. Représentez-vous
une mer toujours monotone, un ciel continuellement brumeux,
une absence presque complète de poissons, une atmosphère
assez brûlante pour gêner sans présenter rien de très-insolite,
des soirées qui pour la plupart sont moins brillantes que dans
nos pays méridionaux, et vous aurez une imparfaite idée du
désappointement vrai, continu et décourageant qui tombe
chaque jour sur mes plus douces espérances. Convenez que
l'on ne peut être plus mal partagé et qu'au risque ne voir
s'altérer un peu ma santé, il serait plus agréable d'avoir, au
moins de temps à autre, à souffrir de l'intempérie des airs ou
de la fureur des vagues, et à jouir par compensation de quelques-uns des sublimes tableaux dont la nature dans ces parages est si souvent prodigue pour d'autres. Il y a pourtant plus
de deux semaines que nous avons passé le tropique du Cancer.
C'est réellement désespérant.

Les jours pluvieux sont ceux qui nous paraissent les plus
longs: non-seulement ils nous empêchent de nous promener sur le
pont, mais encore ils rendent le séjour de notre carré presqu'insupportable. Ils nous privent ainsi tout à la fois d'un
exercice salutaire et d'une foule de distractions agréables. La
fermeture des claires-voies, — mesure employée chaque fois
qu'il pleut, — suspend ou arrête la circulation de l'air dans la
seule salle où nous puissions nous réfugier. Si nous nous trouvons alors dix ou douze à lire ou à écrire autour du tapis
vert, nous n'y demeurons pas long-temps sans nous y sentir

beaucoup moins commodément que les autres fois. Quand la mer est grosse ou que le vent souffle avec force , on peut encore du moins respirer un air pur et jouir de la vue du ciel; on en est quitte , selon que le navire est plus ou moins agité , en suivant ses oscillations avec plus ou moins de facilité et de souplesse. Or , pour se maintenir en équilibre et debout pendant le tangage et le roulis, il faut nécessairement en avoir contracté l'habitude. La pratique est pour cet objet plus efficace que la théorie , et les meilleurs avis donnés à un passager lui seraient beaucoup moins profitables que quelques heures d'exercice. Que de fois pourtant il m'arrive encore , à des mouvements brusques de la corvette , de me cramponner aux drisses ou de m'appuyer contre les bastingages !...

Nous n'avons pas de malades à bord ; tous nos hommes sont d'une tranquillité d'esprit et d'une force de corps qui fait plaisir à voir. Leur joyeuseté n'a rien perdu en s'éloignant du sol qui l'a fait naître. Quelquefois les matelots réunis en rond sur l'arrière du bâtiment chantaient, vers le soir, des airs souvent graveleux, mais toujours gais, accompagnant le tout de rondes et de danses. Leurs voix qui s'élevaient en chœur au milieu du silence des vents et des flots, leur joyeuse insouciance au sein de cette mer qui a englouti tant de victimes , les souvenirs que réveillaient leurs chants, jetaient quelques prestiges, répandaient certains charmes autour d'eux et jamais je ne les ai entendus sans une satisfaction intérieure dont je jouissais avant de chercher à m'en rendre compte. L'officier de quart faisait, à la fin de ces jeux, distribuer une ration de vin à ceux qui y avaient pris part, et les hommes que le service de nuit ne retenait pas encore sur le pont allaient alors se livrer au repos en attendant qu'ils vinssent veiller à leur tour ; car, dans les temps ordinaires , il n'y a jamais que la moitié de l'équipage de service et cette moitié se divise en *tribordais* et *babordais*.

Je n'ai pas payé cette fois-ci mon tribut à la mer , soit que les courtes traversées que j'ai déjà faites de Toulon à Alger et à Bougie m'eussent amariné , soit que je n'aie pas encore été mis à une forte épreuve sur cet Océan. Quoiqu'il en soit , je

jouis d'une excellente santé. Je vois arriver avec joie le moment où je pourrai ajouter de nouvelles campagnes à celles
que je compte déjà dans mes services et me fais une fête de
pouvoir bientôt étudier, pendant mes instants de loisirs, des
mœurs et des caractères, une nature et des pays que je connais encore si peu. Fasse le ciel que l'expédition maritime à
laquelle je vais prendre part se prolonge assez pour que je ne
retourne pas en France sans avoir eu le bonheur d'assister à
quelques combats, d'acquérir quelques connaissances et de
courir les doubles chances que l'amour de la gloire et le désir
de m'instruire me font espérer de rencontrer en Amérique !

Agréez, etc.

LETTRE II.

En rade de Montévidéo, 21 octobre 1840.

Monsieur, nous sommes arrivés aujourd'hui même. Avant
neuf heures du matin, après avoir échangé quelques signaux
télégraphiques avec la frégate où est arboré le pavillon de
l'amiral, après avoir tiré le nombre de coups de canon pres-
crit pour le salut, nous avons mouillé dans la rade de Montévidéo. Notre traversée de Brest ici n'a été que de 54 jours,
et aucun des bâtiments qui font partie du blocus n'est venu
dans un laps de temps aussi court. C'est fort joli et la rapidité du trajet me console presque du peu de variété qu'il a
offert à mes sensations.

M. l'amiral Mackau est à Martin-Garcia, où j'espère qu'il
nous fera diriger bientôt; mais en attendant qu'il soit pré-
venu de notre arrivée et qu'il donne des ordres en conséquence,
nous sommes prévenus qu'après-demain nous remonterons
l'embouchure de la Plata pour aller faire de l'eau et que nous
reviendrons ensuite jeter de nouveau l'ancre dans la rade où
nous sommes. Je ne vous dirai rien du peu que je sais sur la

situation actuelle de nos dissidents avec le président Rosas ; vous comprendrez facilement ma réserve à cet égard. Quoique assez bien placé pour connaître et voir les événements, je ne puis, je ne dois pas m'en occuper beaucoup dans cette correspondance où je veux être plutôt écrivain que soldat et où pourtant je ferai en sorte de ne vous rien cacher d'important ou d'utile, chaque fois que je pourrai le faire sans imprudence et sans indiscrétion. Vous avez, dans le temps, publié mes *Esquisses de mœurs sur Alger*, et maintenant, en vous rendant dépositaire des nouvelles impressions que je recevrai dans l'Amérique méridionale, je tâcherai de ne pas soulever plus de récriminations qu'il ne m'en est arrivé à l'endroit de mes souvenirs sur l'Afrique septentrionale. Je ne vous manderai pas tout ce que je verrai, tout ce que je penserai ; mais je n'avancerai rien qui ne soit vrai, dont je ne me sois assuré par moi-même et que je ne puisse prouver au besoin.

J'ai fait une rapide apparition dans la capitale de la république orientale de l'Uruguay : parti sur une embarcation de l'*Adour* après déjeûner, je suis rentré ce soir et je vous écris à la hâte afin de pouvoir profiter d'un navire qui part demain pour France.

Comme j'ai la certitude de visiter encore quelquefois Montévidéo et d'avoir par conséquent le temps de vous en parler avec plus de détails et de vérités, je me propose de consacrer ma prochaine lettre à la description de cette ville. Je ne puis cependant me défendre de vous dire qu'elle paraît plus jolie de loin que de près ; qu'elle a perdu beaucoup de la propreté et de l'élégance qui la distinguaient avant qu'elle secouât le joug de l'Espagne ; que ses pavés et ses trottoirs sont si mal entretenus qu'ils font pitié à voir et qu'on préférerait presque qu'il n'y en eût point. Du reste, j'y ai remarqué de fort beaux magasins, quelques maisons aussi élégantes que riches et de petits palais qui ont un cachet tout-à-fait oriental avec leurs dalles de marbre, leurs jardins et leurs corridors pavés en mosaïque. J'ai parcouru si rapidement cette cité que j'ai tort peut-être de formuler si tôt mon opinion sur elle ; mais je vous rends compte d'une première impression qui me domine et que je viens seulement d'éprouver. Les femmes, — les quelques femmes que j'ai rencontrées, — m'ont paru jolies, bien jolies; mais comme je n'en ai pas vu depuis près de deux mois, je suis peut-être un peu trop prédisposé à leur être favorable. N'importe. J'ajouterai que la timidité ne me paraît pas devoir être une de leurs vertus; il y a dans leur regard une hardiesse qui ressemble à l'effronterie et dans leur *aplomb* (passez-moi le mot) une assurance que je n'ose qualifier. Décidément je veux remettre à une autre fois le plaisir de vous parler de Montévidéo, de ses habitants indigènes et autres, et de ses édifices, et de ses Gaüchos, et de ses noirs, et de bien d'autres choses. Je vais donc me reporter à l'époque où j'ai terminé ma première lettre et vous entretenir encore de cette traversée que je viens de voir si promptement et si heureusement terminée.

Le calme dont je vous ai déjà dit quelques mots nous a accompagnés encore quelques jours et ce n'est que vers le 2 octobre, quand nous nous sommes trouvés au 3° degré de latitude nord, que la brise a commencé à fraîchir et à nous rendre cette allure que nous regrettions tant d'avoir perdue. Nos matelots ont donc eu un beau temps pour célébrer à leur manière notre passage sous la ligne équinoxiale, et je ne puis résister à la tentation de vous raconter comment, à ce propos, notre journée du 29 septembre a été égayée par eux.

Depuis plusieurs jours nous avions remarqué, appendus aux cordages de l'avant, quelques-uns des objets que les marins devaient employer pour fêter notre arrivée à l'équateur. D'autres préparatis que nous connaissions parfaitement, quoiqu'on eût essayé de les confectionner en secret, nous ont privés du plaisir de la surprise. Pourtant, dans l'ignorance où nous étions presque tous des cérémonies plus ou moins burlesques qui devaient avoir lieu, d'aucuns ne voyaient pas arriver sans une vague appréhension le moment où un usage établi donnait pour quelques heures une liberté qui pouvait se traduire en licence à des hommes ordinairement soumis et respectueux.

Le 28, à midi, au moment où le lieutenant de frégate chargé de ce service venait d'établir le point solaire, un ga-

bier grotesquement déguisé, le corps enveloppé dans une re-
dingote en alpaga, la tête ensevelie sous une large perruque
de chanvre, tombe comme par enchantement sur la dunette
et vient annoncer officiellement que *le père la Ligne* ne tar-
dera point à venir visiter *l'Adour* qui entre maintenant dans
ses domaines.

Le soir du même jour, après le *branle-bas* du soir, les passagers et l'équipage ayant accroché leurs hamacs étaient re-
montés sur le pont et occupaient pêle-mêle tout l'avant; nous
étions, nous, disséminés sur le gaillard d'arrière; aucun
souffle n'agitait l'air; la mer sans mouvement étendait autour
de nous sa robe de moire; un long silence qui avait quelque
chose de solennel régnait partout; le soleil venait de se reti-
rer; la lune ne se montrait pas encore; ce n'était plus le
jour et il n'était pas tout-à-fait nuit. Tout-à-coup la vigie de
misaine donne l'alerte et soudain de nombreux éclairs pro_
duits par des traînées de poudre, de bruyants tonnerres faits
par des roulements de tambour et une grêle retentissante si-
mulée par des myriades de pois, annoncent la présence sur le
grand mât des envoyés du *père la Ligne*. Une voix forte et so-
nore descendant alors de la cime des vergues, hèle lentement
le navire, demande s'il contient des passagers qui viennent
pour la première fois dans ces parages et promet pour demain
la venue du vénérable père la Ligne et de sa respectable famille. L'officier de quart répondait gravement et sans rire à
toutes les questions qui étaient formulées. Le dialogue était à
peine terminé que de véritables claquements de fouets et de
faux hennissements de chevaux attirent nos yeux vers un
autre point du navire, où nous voyons se démener deux matelots vêtus en postillons de Lonjumeau et montés sur deux
hommes grotesquement caparaçonnés et bridés. Ce sont les
courriers du père la Ligne chargés d'une lettre et de quelques
présents pour le commandant de *l'Adour*. Après avoir accom-
pli leur mission, ils remontent sur leurs baquenées qui se
cabrent, les jettent sur le pont et lancent à droite et à gauche
ruades et coups de pieds. Cette scène, dans le principe, avait
un je ne sais quoi de presqu'imposant : l'heure, le lieu, l'iso-

lement de la corvette, cette grosse voix au milieu du silence des vagues, etc., etc., prêtaient quelques charmes à cet incident qui, du reste, dégénéra à la fin en une parade assez insignifiante.

Le lendemain, ils élevèrent, entre le cabestan et le grandmât, un autel adossé aux bastingages de tribord, supporté par deux barils, entouré de pavillons de toutes couleurs, surmonté d'une croix en bois, orné de deux candelabres d'argent et chargé de deux carafes métamorphosées en burettes et contenant l'une de l'eau, l'autre du vin. A gauche, étaient établis les fonts baptismaux qui se composaient d'une *baille* (large baquet) pleine d'eau de mer et recouverte d'un tissu qui en dérobait la vue aux néophites; à droite, se voyait une chaise destinée aux épurations préparatoires confiées aux soins d'un barbier émérite. De chaque côté, quelques sièges pour servir aux lévites et à la sainte famille du révérend *père la ligne*. Un gendarme, le sabre au poing et l'épaule chargée d'aiguillettes blanches, était en faction pour empêcher les profanes de pénétrer dans la chapelle avant le moment convenable.

Vers dix heures du matin, annoncé par un orage semblable à celui de la veille, au milieu des cris, des rires et des huées de tous, le brave père la Ligne, sa chaste épouse, son innocent héritier présomptif et sa nombreuse escorte descendent ou plutôt se précipitent avec fracas des cordages du mât de misaine, se rangent en ordre et, tambour battant, commencent au pas ordinaire leur marche triomphale. Un Neptune armé d'une fouine en guise de trident, se présente d'abord; il est suivi par le tambour, puis viennent les gendarmes, les dignitaires, le curé avec son étole et son rabat, le perruquier avec son gigantesque rasoir de sapin, le coiffeur avec son énorme peigne du même bois, et enfin, dans une voiture découverte et traînée par des hommes dûment enharnachés et marchant sur les genoux et les mains, se pavanent majestueusement le père la Ligne et les siens. Le cortège, escorté par des diables que Neptune cherche à éloigner avec son sceptre, arrive auprès du commandant, lui présente respectueusement ses civilités et va s'asseoir ensuite aux places qui lui sont réservées dans la chapelle. Neptune en ce moment monte sur le banc de quart, s'empare du porte-voix du commandement et fait exécuter les manœuvres qu'il juge convenables. La grrrrande cerrrrémonie commence alors. Ceux d'entre nous qui n'ont pas encore reçu le baptême viennent successivement se présenter dans le temple et reçoivent ce sacrement qui n'est pas compris dans les sept des catéchismes diocésains. Le commandant du bord, pour avoir occasion de faire aussi son offrande, s'offrit le premier et nous fûmes baptisés après lui. Le Figaro de la fête, après avoir fait le simulacre de nous raser et de nous coiffer, nous présentait un bassin où nous déposions chacun une pièce de cinq francs ; le prêtre nous entreprenait après, nous exhortait béatement à une confession générale, nous *faisait jurer de ne jamais coucher avec les femmes des marins*, nous donnait *l'absolution* et ordonnait la purification ; les exécuteurs de ses sacrées volontés nous faisaient asseoir incontinent sur la *baille* dont j'ai déjà parlé et nous renvoyaient après avoir légèrement mouillé les uns et après avoir plongé dans l'eau et arrosé à pleins seaux les autres, suivant leur bon plaisir, comme les rois du vieux temps. C'était une hilarité sans cesse renaissante ; chaque néophyte totalement aspergé était accueilli avec un rire inextinguible, chacun avait le bon esprit de ne pas se fâcher. Durant que ces choses se passaient dans l'enceinte réservée, les diables à l'extérieur couraient comme des démons au milieu de tous, déchargeant de grands coups de queue sur la figure des curieux, barbouillant avec l'enduit qui les couvrait ceux qu'ils touchaient en passant, et s'efforçant de violer le sanctuaire dont le trident du dieu des mers les écartait toujours. Puis, la pompe à incendie vomissait en tous sens des colonnes liquides qui faisaient fuir à tous moments les passagers et les inondaient des eaux saintes du baptême du père la Ligne. Cette plaisanterie qui s'est prolongée pendant plusieurs heures a répandu la gaîté la plus vive et la plus communicative. Le sacrement, qui dans le commencement avait été accordé en détail, a été à la fin distribué en gros. C'était à flots pressés que l'onde baptismale était versée: elle jaillissait de la pompe, tombait des hunes, était lancée au-dessus des bastingages et coulait partout sur le pont. En avait qui voulait et même qui n'en voulait plus. Néanmoins nul ne s'est fâché et tous ont conservé un souvenir agréable de cette journée. Le soir, les matelots qui avaient coordonné ce divertissement ont reçu des distributions extraordinaires de vin pour arroser un mouton qu'ils ont mangé et dont le capitaine leur a fait cadeau. A la nuit, ils chantaient, ils dansaient autour des claire-voies; deux quadrilles étaient établis; un artilleur était le ménétrier et raclait sur un violon des contredanses un peu surannées, mais qui ont encore leur prix, surtout dans de pareils moments.

Tandis que nos hommes s'*esbaudissaient* de la sorte et faisaient entendre de temps à autre: *en avant les quatre-z-autres*, nous étions réunis en soirée chez le commandant qui fait très-bien les honneurs de chez lui.

Cette missive est déjà bien longue. Je l'ai écrite à la hâte et malheureusement je n'ai pas le temps ni de la relire ni de l'abréger. Je serai moins pressé une autre fois et m'arrangerai de manière à ne pas vous envoyer comme aujourd'hui un rabachage aussi prolixe.

Agréez, etc.

UNE NUIT INTERTROPICALE.

FRAGMENT.

Sur l'Océan Atlantique équinoxial, vers
le 2° latitude nord et le 20° longitude de
Paris, le 25 septembre 1840.

Jamais sous notre ciel des astres plus brillants
N'ont versé les flots purs de leurs feux scintillants ;
La lune a plus d'éclat et la route lactée
Répand mieux dans l'azur sa poussière argentée ;
Plus charmants et plus doux, les rayons de Vénus
Ont ici des attraits à l'Europe inconnus ;
Et, sur un fond plus bleu, des étoiles plus vives
N'ont jamais détaché des clartés plus actives ;
La mer, dont aucun vent ne tourmente les eaux,
Voit, sans les refléter, ces magiques tableaux,
Et semble refuser le miroir de son onde
Aux célestes flambeaux dont la flamme l'inonde.
Elle n'a pas besoin, belle de sa beauté,
De chercher dans les airs un éclat emprunté :
Habitants écaillés de la liquide plaine,
Mille peuples divers sillonnent son domaine ;
Trésors mystérieux de son riche bassin,
La perle et le corail se forment dans son sein ;
Dieu seul peut, à son gré commandant aux orages,
La pousser bruyamment au-delà des rivages
Et dire à sa fureur dont il est le témoin :
« Tu viendras jusqu'ici, tu n'iras pas plus loin. » (1)
La brise avec douceur se joue au sein des voiles ;

(1) Usque hùc venies et non procedes ampliùs.

Le ciel est radieux, resplendissant d'étoiles ;
Comme un tapis de moire étendu pour nos yeux,
Sous une écume blanche étalant ses flots bleus,
L'Océan sans effort détruit bientôt la trace
Du navire léger qui vogue à sa surface ;
L'air balsamique et frais se renouvèle, pur,
A chaque nouveau pas dans ces chemins d'azur.
Que ce spectacle est beau pour le mortel qui pense !...
Autour de moi s'étend un vide, un vide immense
Où le regard se perd et l'esprit se confond ;
Sous mes pieds sont creusés des abîmes sans fond
Dont nul œil n'a sondé l'horreur secrète et sombre ;
Au-dessus de mon front brillent des feux sans nombre,
Parsemés avec art dans un monde éthéré
Que l'orgueil des humains n'a jamais mesuré...
Errante au gré de l'onde, ou calme ou courroucée,
Je sens, à chaque instant, s'agrandir ma pensée ;
Elle brise le joug de la froide raison,
Et semble s'élargir comme mon horizon.
. . . .

AU ZÉPHIR.

IMITÉ D'ESTEVAN DE VILLÉGAS.

(Dalos vecino de la verde selva.)

Grácieux habitant de la verte forêt,
Amant capricieux des fleurs qu'Avril enfante,
De l'aimable printemps hôte cher et discret,
 De Vénus haleine odorante,

O Zéphir! confident de mes tristes ennuis,
Ne crains pas de voler les redire à ma belle;
Peins à son cœur ingrat la douleur où je suis
 Et dis-lui que je meurs pour elle.

Puissent les justes dieux, — quand tu fendras les airs
Pour porter à ses pieds mon amoureux hommage, —
Ecarter de ton vol la foudre et les éclairs,
 Sombres compagnons de l'orage.

Et, — lorsque du matin les feux étincelants
Doreront le sommet des collines si belles, —
Puisse l'eau que la nue apporte dans ses flancs
 Ne jamais humecter tes ailes !

TRANSATLANTIQUES.

LETTRE III.

Montévideo, 3 novembre 1840.

Je vous ai annoncé dans ma précédente lettre que *l'Adour* avait reçu l'ordre de remonter le *Rio-de-la-Plata* pour faire de l'eau et que nous nous mettrions en mouvement le 23 octobre. Il en a été ainsi. Un peu contrariés par le *jusant*, nous n'avons pas jeté l'ancre à plus de huit ou neuf lieues marines de Montévideo. Or, le 24 au soir, nous étions de retour et mouillés en petite rade, à moins de deux milles du débarcadère. Ce qui n'est pas sans importance pour ceux qui, comme moi, descendront à terre aussi souvent qu'il sera possible de le faire, attendu que ce port, quoique réputé le meilleur mouillage de la Plata, est fréquemment livré aux fureurs des vents d'ouest qui prennent le nom de *pamperos* des *pampas* ou landes qu'ils traversent pour arriver jusqu'ici.

Le 27, j'allai en ville pour voir par moi-même la réception triomphale qui avait été préparée pour la rentrée du président de la république orientale de l'Uruguay. Tout y avait pris une animation insolite; beaucoup de fenêtres étaient pavoisées du pavillon national; en certains endroits se voyaient des arcs de triomphe, des guirlandes; dans les rues du *Porton* et du *Fort* — comme dans celle où habite *Rivera* —, des dames se groupaient sur les balcons pour attendre son passage; des inscriptions annonçaient que c'était pour le retour du *vainqueur de la Cagancha*, du *héros des missions* que ces préparatifs étaient arrangés; des haies de soldats nègres s'étendaient sur deux rangs; les cloches des églises mêlaient leurs sons au bruit des canons des remparts et tout *Montévideo* semblait être en mouvement. J'étais avec trois autres officiers et, comme nous désirions connaître les détails de cette fête de famille, nous traversâmes les rangs des fantassins pour entrer dans la cour de la *Casa del Gobernio* où le cortége était déjà réuni et où nous étions attirés par une musique militaire qui y faisait entendre diverses mélodies. Nous ne voulions certes pas aller plus loin ; mais on vint nous engager instamment à entrer et — après avoir traversé une grande salle richement décorée — nous fûmes introduits dans un salon où se trouvaient — debout et tête découverte — le président, les officiers, les dignitaires et quelques notabilités de la république rangés autour d'une table chargée de bonbons, de gâteaux, de pâtisseries, de flacons et de bouteilles. Nous échangeâmes un salut poli avec le général-président qui nous fit inviter aussitôt à prendre part à la collation. A peine étions-nous armés d'un verre de Madère qu'un officier-supérieur montévidéen porta chaleureusement un toast à l'armée *française* et que le président *Rivera* en proposa un autre pour le roi Louis-Philippe et sa puissante nation. Un de nous répondit pour tous à cette politesse et nous demeurâmes dans la salle jusqu'au moment où *Rivera*, plaçant son chapeau à plumes blanches sous son bras, donna le signal du départ. — Je ne fais mention de cette circonstance que parce que les journaux de Montévideo l'ont publiée ; car je n'y vois rien qui rentre dans le cercle que je me suis tracé pour cette correspondance.

Le premier magistrat du gouvernement de l'Uruguay fut escorté jusqu'à son hôtel par ses officiers et ses nombreux amis, ayant à droite et à gauche deux rangs de ses soldats ; suivi d'une centaine de cavaliers *gaüchos ;* les *vivat* retentissaient au loin ; les fleurs tombaient sur lui des balcons et des fenêtres ; des morceaux de poésie inspirés par les circonstances lui étaient jetés à tous moments et trois jours après les écrits quotidiens avaient leurs colonnes entièrement pleines de vers à sa louange. Tout fait penser qu'il est réellement chéri dans la capitale de sa petite république. Le soir, les maisons étaient illuminées, des pétards et des fusées bruissaient dans tous les sens et de nouvelles acclamations ont accueilli la présence du général *Rivera* au théâtre où il ne s'était pas présenté depuis long-temps.

Viva la libertad!... Muera el tirano Rosas!... sont les cris qui expriment le moins la haine profonde qu'inspire ici le dictateur de Buénos-Ayres. Les femmes et les enfants partagent l'horreur de tous et ils aiment, après avoir peint *Rosas* sous des couleurs horribles, à lui opposer ce *Rivera* qui du moins (disent-ils) n'a pas fait couler d'autre sang que celui des ennemis de la République....

Avant-hier (dimanche) j'assistai à un combat de taureaux qui eut lieu dans un cirque élevé *extrà muros*. Il se présentait une telle affluence de spectateurs que beaucoup de curieux ne purent y être admis. J'eus de la peine à y pénétrer quoique je me fusse présenté quelques minutes avant l'heure précise indiquée sur l'affiche. Pourtant, grâce à un déserteur français attaché au service de la république, je parvins à me jucher sur l'un des gradins circulaires qui menaçaient à chaque instant de s'affaisser en criant sous le poids dont ils étaient chargés. Neanmoins je sus me placer assez commodément. On y comptait plus de trois mille personnes. Les dames occupaient la partie supérieure de cette vaste enceinte et ne s'y étaient pas portées en aussi grand nombre que je le présupposais. Peu d'entr'elles étaient en chapeau, et pour préserver leur figure des rayons d'un soleil brûlant, elles étaient presque toutes armées de longs et larges éventails. A peine remarquait-on quelques ombrelles aux mains des plus élégantes. Les deux sexes du reste, à peu d'exceptions près, ont adopté ici les modes françaises.

Je ne vous dépeindrai point ces combats si connus; ces *toreadores* vêtus à l'espagnole et bariolés des couleurs les plus tranchantes; ces *piquadores* montés sur des chevaux caparaçonnés à la manière des anciens Maures; ces *banderilleros* voltigeant légèrement et à pied autour du taureau mugissant en agitant des draperies qui trompent sa fureur sans la diminuer, ou en plantant à ses flancs des dards qui l'irritent sans l'abattre; ces *matadores* qui, avec une dextérité singulière et au moment où la rage de l'animal est à son comble, le tuent d'un seul coup de glaive; ces spectateurs épileptiques pensant à haute voix, prenant parti tantôt pour les hommes, tantôt pour les quadrupèdes, et s'égosillant à donner aux uns et aux autres des conseils plus ou moins prudents, plus ou moins sanguinaires. Non, ces choses-là vous les savez tout aussi bien que moi; et puis, les combats de ce genre que l'on voit ici ne sont pas aussi palpitants d'émotions que ceux de Cadix ou même d'Arles. Pourtant, deux incidents qui tiennent de plus près aux habitudes des aborigènes m'y ont causé une certaine satisfaction. Ils ont été occasionnés, le premier, par la vigueur et l'adresse dont a fait preuve un jeune *Gaücho* en domptant un coursier nerveux amené au milieu de l'arène dans l'état à demi-sauvage, comme on les élève dans les alentours, et s'épuisant en efforts inutiles pour débarrasser son échine d'un fardeau dont elle était encore vierge; le second, par l'emploi de ces lacets *(lazos)* dont j'avais tant entendu parler et que je désirais connaître. Trois fois, le peuple mécontent de la couardise de trois taureaux, a exigé par des sifflets, des huées et des cris *(fuéra!... fuéra!...)*, qu'ils fussent traînés hors de la lice. Soumis à sa volonté souveraine, les *toreadores* suspendaient à l'instant le combat; une porte s'ouvrait et alors apparaissaient deux cavaliers tenant les rênes d'une main et le lacet de l'autre. Ils galopaient d'abord rapidement autour de l'animal dont ils évitaient les coups de cornes, faisaient ensuite tournoyer au-dessus de leur tête une longue courroie roulée en cercles et dont le bout chargé d'un anneau de fer était disposé de manière à former un nœud coulant, et, après avoir donné ainsi un fort mouvement de rotation à leur *lazo*, ils le jetaient avec force à une distance de 25 à 30 mètres. Chaque fois le taureau a été pris du premier coup et, obligé de suivre le lien qui le serrait ou aux cornes, ou au cou, ou aux jambes, il était entraîné hors du cirque malgré de vains efforts et d'inutiles beuglements. Ce moyen est employé par les habitants pour s'emparer des bœufs et des chevaux qu'ils laissent paître librement dans leurs campagnes. Les troupes de Lavalle, transportées par nos bâtiments français sur l'autre rive du Panana, dans moins d'une demi-journée réunirent ainsi naguère près de 1,200 chevaux pour réorganiser leur cavalerie.

J'assemble quelques matériaux , je fais de nouvelles obser-vations pour pouvoir, si j'en ai le temps, vous parler un peu plus longuement de Montévideo , et de ses mœurs et de son gouvernement. En attendant , je vous envoie quelques remar-ques faites durant mes diverses courses à la ville. J'aurais dû les réserver peut-être pour plus tard et les intercaller dans un aperçu plus travaillé ; mais j'espère que vous me tiendrez compte de ces différentes digressions et que vous vous sou-viendrez que ce sont des lettres , rien que des lettres que je vous écris. Je n'y mets pas de prétention, pardonnez-moi mon *laisser-aller.*

Le répertoire du théâtre de Montévideo emprunte un grand nombre de ses pièces dramatiques à la littérature française. Nos drames, nos vaudevilles, nos comédies, voire nos tragédies, y sont représentés, traduits en espagnol, aussitôt qu'un succès de vogue les a fait sortir du cercle des productions ordinai-res. On pourrait cependant faire souvent des choix plus heu-reux : nous sommes assez riches en ce genre pour que les meilleurs emprunts ne nous soient jamais nuisibles. La semaine dernière c'était le *Proscrit* de la Porte-St.-Martin, — une autre fois le vieux drame de la *Famille Sirven,* ou *Voltaire à Cas-tres,* — avant-hier, la tragédie de *Coriolan* par Laharpe. Voici l'annonce de cette dernière ; elle m'a paru curieuse : *Una tra-duccion libre en verso de la tragedia favorita del* GRAND TALMA, *titulada* CAYO MARCIO CORIOLANIO : *traduccion hecha por el senor* LA PUERTA *en* MADRID *y nuevamente refundida y arreglada en nuestro teatro nacional.*

La rue du *Porton* est , à la chûte du jour, la promenade la plus fréquentée de la ville. De grands magasins y répandent au-dehors un peu de l'éclat dont ils brillent au-dedans , et les trottoirs y sont un peu mieux conservés que dans les autres quartiers. Les dames s'y promènent coiffées en cheveux et souvent sans être accompagnées d'un parent ou d'un ami. Je n'ai rien à changer au jugement que j'avais formé *ex-abrupto* sur la hardiesse de leurs regards et la *masculinité* de leur allure : je ne m'étais pas trompé et j'en suis fâché, parce qu'elles perdent à ce ton-là une grande partie de ce que nous aimons le plus en elles. Il en est pourtant de bien belles !... Leur longue et noire chevelure dont elles ont un grand soin , couronne dignement leur figure pâle et expressive qu'animent des yeux plus hardis que voluptueux.

Il n'est pas rare de lire, dans les feuilles publiques, les noms des citadins qui oublient ou refusent de payer l'impôt destiné à l'entretien des gardes-de-nuit *(serenos)*. Cette publicité qui froisse certains amours-propres et blesse quelques susceptibilités, suffit pour amener les retardataires à l'accomplissement de leur obligation, et l'on n'a pas besoin de recourir aux garnisaires pour cet objet. Cette nomenclature dans un journal a bien son côté risible; mais ce qui me paraît toujours odieux , ce que je ne vois jamais sans un dégoût nauséabond, c'est l'annonce de la *vente* ou de la *fuite* d'un esclave. Ces mots : *se vende un moreno de campo, — o un negrillo y una negrilla de 12 a 14 anos,* — ou bien cet autre commencement de réclame: *se ha huido una negra blamada,* etc., n'ont jamais tombé sous mes yeux sans provoquer en moi une énergique indignation contre cet infâme trafic de chair humaine... Pouah !... pouah !...

Il paraît certain , monsieur , que nos dissidents avec Rosas touchent à leur fin. On assure que M. le vice-amiral Mackau a conclu avec ce dictateur un traité qui a dû être signé le 29 octobre et ratifié le 31. Je n'en connais encore aucune clause Or, je ne veux pas me faire ici l'écho des différents bruits qui circulent à ce sujet. Les Français établis à Montévideo en paraissent très-mécontents. Deux d'entr'eux ont publié un appel imprimé à leurs compatriotes pour les engager à adresser collectivement une réclamation aux Chambres. Les Montévidéens eux-mêmes se montrent très-peu satisfaits de ces arrangements dont la *perpétration* ne leur assurera point autant de prérogatives et de franchises qu'ils en ambitionnent. Le blocus qui durait depuis plus de trois ans donnait une immense extension au commerce de leur ville et en avait presque doublé la population. La paix leur enlève tous ces avantages ; de sorte que l'intérêt est le véhicule de toutes ces grandes colères. Pourtant...

LETTRE IV.

Rade de Montévidéo, 24 novembre 1840.

Montévidéo ne compte en ce moment que cent quinze ans d'existence: ce fut vers 1726 que les Espagnols la fondèrent. *Le Rio de la Plata* était pourtant connu depuis les premières années du 16ᵉ siècle. Santo-Domingo-Soriano, premier village de la bande orientale et aujourd'hui chef-lieu d'un des neuf départements des états de l'Uruguay, fait remonter sa fondation à 1563, et Buénos-Ayres à 1582.

Assise sur la rive gauche de l'embouchure de la Plata, entourée d'une rade qui, quoique exposée aux *pamperos*, n'en est pas moins un des meilleurs mouillages de ce continent, divinement placée pour être l'entrepôt naturel et obligé des échanges commerciaux de vastes provinces, pouvant aisément empêcher ou permettre la navigation de l'un des plus grands fleuves du monde, la capitale de la république orientale de l'Uruguay ne s'est jamais élevée à la hauteur du rôle qu'elle semble destinée à jouer. Buénos-Ayres dont l'éclat, les richesses et les relations ont acquis — jusqu'au moment où commença notre blocus — tant d'extension et de consistance; Buénos-Ayres qui, malgré près de 40 ans de révolutions terribles et de réactions sanglantes, n'en demeure pas moins une des cités les plus florissantes de cette Amérique, est certainement beaucoup moins bien partagée sous certains rapports: elle ne possède pas même un port, et les gros bâtiments que des bancs de sable empêchent d'arriver jusqu'à elle, sont obligés de jeter l'ancre dans la baie de Barragan. Il est vrai que Montévidéo a eu aussi beaucoup à souffrir dans ces derniers temps, et que les secousses politiques l'ont ébranlée jusque dans ses fondements. Cette ville, outre ses déchirements intérieurs, a dû supporter les chances de diverses guerres soit contre l'empire du Brésil, soit contre la république Argentine.

Elle a vu successivement s'éteindre et briller son commerce , croître et diminuer sa population.

Quand , en 1810, la vice-royauté de Buénos-Ayres (1) , dont elle était une province, se déclara indépendante de l'Espagne, la *Banda orientale* fit cause commune avec les insurgés contre la mère-patrie et fut comprise dans le cercle des *Etats-Unis du Rio de la Plata.* Epuisée par des luttes incessantes, énervée par la tyrannie du farouche Artigas, Montévidéo finit par tomber ensuite au pouvoir des Portugais qui lui donnèrent le nom de *Province-Cisplatine* et la réunirent au Brésil. Enfin , après bien des tentatives avortées et d'efforts impuissants , cette contrée toujours belle et autrefois si riche fut déclarée indépendante dans les articles préliminaires d'un traité de paix conclu en 1828 entre les Brésiliens et les Buénos-Ayriens. Elle s'appela dès-lors la république orientale de l'Uruguay. Le peu de développements que je veux donner ici à cet aperçu historique me force à omettre des époques qui ne sont pas sans importance pour la position politique de ce pays. Je regrette de n'avoir pas parlé, en passant, de ce congrès de Tucuman qui proclama son indépendance en 1810, ni de cette première assemblée législative qui , dans la *Florida* , en 1825, décréta des lois sages et des mesures énergiques.

Le général don Fructuoso Rivera , dont je vous ai déjà entretenu dans mes précédentes lettres , a été élu pour la seconde fois, durant le mois d'octobre 1839, président constitutionnel de la république. Il succéda à cette époque au brigadier-général Oribe qui se présentera encore comme son compétiteur et qui s'est dépopularisé ici en acceptant l'appui et l'amitié de Rosas.

Le plan de Montévidéo a été régulièrement tracé ; les rues, larges et bien aérées , ne sont malheureusement pas pavées, quoique la plupart d'entr'elles soient ornées de trottoirs assez mal entretenus. Le plus grand nombre des maisons n'a qu'un rez-de-chaussée, beaucoup possèdent un unique étage , quel-

(1) La vice-royauté de Buénos-Ayres fut érigée par les Espagnols en 1778 ; elle n'était qu'un démembrement de la vice-royauté du Pérou.

ques-unes *(apparent raræ)* en offrent deux ; mais toutes ou
quasi toutes sont surmontées d'une jolie terrasse. Bâtie en am-
phithéâtre sur une éminence qui domine au loin les flots, couronnée par les deux minarets et le dôme de sa cathédrale, étalant ses habitations blanches superposées en gradins inégaux,
cette cité, quand on la considère de la rade, présente un coup-
d'œil charmant qu'elle perd insensiblement à mesure qu'on la
voit de plus près. Les émigrations et le blocus de Buénos-
Ayres, l'affluence des étrangers que les circonstances actuelles
y attirent, le nombre insolite de navires qui stationnent dans
son port , ont décuplé son commerce et triplé sa population.
Cette dernière ne s'élève pas à moins de trente mille âmes
dont huit mille au moins sont originaires de France.

Les provinces qui avoisinent les Pyrénées sont celles qui
fournissent le plus grand nombre de nos émigrants. Les Bas-
ques sont ici répandus sur tous les points. Leur facilité à parler et à comprendre la langue espagnole leur donne de grands
avantages sur les étrangers. Ils peuvent en outre vivre à très-
bon marché et gagner aisément, sans se fatiguer, 3 et 4 patacons (1) par jour. Au bout d'un certain laps de temps ils retournent en France avec un pécule bien arrondi, remboursent
aux compagnies qui les ont fait partir de Bordeaux les sommes
qui ont été avancées pour leur traversée, et il leur reste beaucoup plus encore qu'ils n'auraient pu économiser dans leur
pays. Honnêtes, laborieux et robustes, ils sont ici en quelque
sorte comme les Savoyards et les Auvergnats à Paris. On en
trouve dans les *saladéros* de la plaine, comme dans les magasins de la ville , dans les propriétés particulières comme
dans les hôtels publics, au port, aux champs, au marché, partout enfin. Leur industrieuse activité leur a ouvert toutes les
portes et attiré toutes les confiances. On n'en pourrait pas dire
autant de tous les agioteurs et boutiquiers qui se targuent ici
du nom de Français et parmi lesquels il se rencontre néanmoins quelques honorables individus.

(1) La valeur des patacons est souvent variable, soumise qu'elle est aux calculs
d'une espèce de bourse qui se tient sur le môle : on nous les donnait, dans l'armée ,
pour cinq francs trente-sept centimes chacun.

Le vaisseau de la cathédrale est beau dans son ensemble quoiqu'il laisse beaucoup à désirer dans ses détails. On y remarque deux jolies petites chapelles latérales dont la richesse et l'élégance méritent une mention honorable. Quelques bancs sont adossés à droite et à gauche de la nef, mais du reste il ne s'y trouve pas une seule chaise, un seul fauteuil pour l'usage des fidèles. Depuis la porte de l'entrée jusqu'au baldaquin du grand autel sont étendues de vastes et charmantes nattes de paille artistement tressées. Les dames, accompagnées d'un ou de plusieurs esclaves de l'un ou de l'autre sexe indifféremment, font déployer de riches tapis à la place où elles doivent s'agenouiller, et en s'accroupissant sur les talons quand elles cessent de rester à genoux, prennent une pose plus voluptueuse que dévote, mais réellement pleine de gracieuseté. Elles ne se dépouillent pas dans les temples de la hardiesse qu'elles portent dans les rues, et elles y commencent ou continuent plus d'intrigues galantes qu'aux théâtres mêmes. Filles de l'Espagne, les mœurs ont dû conserver ici quelque chose de leur origine primordiale, et cette remarque s'éveille fréquemment dans l'esprit des observateurs. Il en est de même pour les monuments et édifices: leurs constructions orientales vous reportent à ces Maures que les Espagnols venaient d'expulser lorsqu'ils découvrirent ce nouveau continent.

Montévidéo est presque entièrement veuf de ces grands et utiles établissements que les progrès de la civilisation centralisent dans les capitales; on y chercherait en vain un musée, un jardin botanique, etc., etc. Néanmoins une velléité de bibliothèque publique commence à y prendre un air de réalité. Ses plus vastes magasins, ses plus importants entrepôts appartiennent à des entreprises particulières dont les indigènes ne sont ni les inventeurs, ni les moteurs; mais qui, par le prélèvement de certaines redevances, rapportent beaucoup à l'état.

Un môle en bois, ou plutôt une large estacade élevée sur pilotis, réunit du matin au soir tous les négociants, armateurs, courtiers, sur un point de l'entrée du port qui sert tout à-la-fois de débarcadère et de bourse en plein vent. L'échange ou l'achat des marchandises y prend beaucoup d'animation et donne un aspect tout mercantile à cette rade qui, grâce à nos nombreux navires, conserve depuis plus de deux ans une attitude militaire qu'elle perdra, hélas bientôt. Une vérité incontestable, c'est que les négociants étrangers les plus riches, soit à Montévidéo, soit à Buénos-Ayres, appartiennent plutôt à l'Angleterre qu'à la France. Cette dernière compte beaucoup de ses enfants qui y ont acquis des fortunes ordinaires, une aisance confortable ; mais réellement la richesse des Anglais établis dans cette partie de l'Amérique du Sud, est proportionnellement cent fois mieux assise, cent fois plus étendue que celle de nos Français, à une ou deux exceptions près. Du reste, il existe chez nos compatriotes une serviabilité bien digne d'éloges et un échange de bons procédés entr'eux qui mérite d'être remarqués : il n'est pas rare de rencontrer des commerçants ou des marchands qui ont dû le commencement des biens dont ils jouissent à des prêts considérables et gratuits, à des avances aussi généreuses que désintéressées. Le Français, arrivé nouvellement et inspirant de la confiance, a trouvé plus d'une fois, lorsqu'il a voulu entreprendre un commerce quelconque, jusques à quatre mille piastres sans autre garantie que sa parole, sans autre hypothèque que son bon vouloir. Pour plusieurs, le souvenir de la patrie est d'autant plus sacré qu'ils en sont éloignés davantage. Pour d'audres (et principalement pour ceux qui demeurent ici depuis leur bas-âge), la France est devenue plutôt un moyen qu'un but, plutôt une affaire de calcul qu'une terre d'amour. Habitués à d'autres mœurs, parlant d'autres langues, vivant de lucre, ils n'invoquent leurs droits originaires que pour leurs intérêts personnels et ont rompu tous les autres liens qui les attachaient au pays. Cette catégorie n'est pas heureusement la plus nombreuse.

Au moment où je vous écris, monsieur, vous éprouvez probablement déjà toutes les rigueurs du froid, et l'hiver étend son deuil sur vos campagnes dépouillées. Nous, au contraire, nous jouissons des charmes d'un printemps qui fait déjà sentir les chaleurs de l'été et qui répand la verdure et les fleurs sur tout le littoral que notre œil peut découvrir depuis le pharc du grand *Cerro* jusques vers les jolies maisons de plaisance qui embellissent *Bona-Vista*. La flore de ces contrées est presqu'en tout semblable à la flore française : les bananes, les ananas, les cocos, les oranges que nous y mangeons y sont importés des parties de l'Amérique situées dans la zône Torride.

Hier le navire qui m'a transporté ici et qui doit me ramener en France a remonté le *Rio de la Plata* jusques à la hauteur des *Barancas*. Pendant que l'équipage était occupé soit à pomper de l'eau soit à laver les hamacs et le linge, j'ai suivi l'exemple de quelques camarades et je me suis baigné. Une chaloupe amarrée à babord de *l'Adour* avait été mise à notre disposition, et cette précaution était d'autant plus utile que nous ne pouvions remonter le rapide courant du fleuve. Je me souviens d'avoir plus d'une fois traversé la Seine au-dessous du pont d'Iéna ou à hauteur de la maison royale de Neuilly, je me souviens d'avoir, encore enfant, nagé dans le Rhône en aval du Pont-Saint-Esprit, et d'avoir souvent, soit à Toulon, soit à Alger, lutté avec succès contre les flots de la Méditerranée ; mais ce que je puis vous assurer c'est qu'aucun des exercices de natation que j'ai faits jusqu'à ce jour ne m'a paru aussi fatigant, aussi inutilement fatigant que celui-ci. Je n'ai jamais pu et aucun de nous n'a pu un seul instant résister à la force, à la rapidité du jusant. Il y avait pourtant parmi nous d'excellents nageurs, nous étions tous dans la vigueur de l'âge ; eh ! bien, chaque fois que nous nous lancions à l'eau par l'arrière de l'embarcation, après avoir fait d'infructueux efforts pour avancer, nous nous voyions toujours contraints de céder et de venir nous cramponner à l'avant de la chaloupe, où nous remontions pour recommencer inutilement encore. Je ne m'étonne plus maintenant qu'il soit si rare de sauver un homme qui tombe inopinément dans cet immense estuaire, aussi large qu'un bras de mer et plus rapide qu'aucun des fleuves connus en y comprenant le Volga pour l'Europe, mais en exceptant le Maronon (l'Amazone) pour l'Amérique.

Le traité entre la République Argentine et la France a été signé vers la fin du mois dernier, ainsi que je vous l'ai déjà

mandé. Ma position ne me permet pas de vous exprimer le
mécontentement que je puis personnellement éprouver dans
cette déplorable circonstance: je suis un officier trop obscur,
trop peu élevé en grade, pour qu'aucune solidarité puisse peser
sur moi et pour que ma pensée soit capable de modifier en rien
des résultats qu'elle était loin de prévoir. J'ajouterai seulement
qu'en dévorant en silence la douleur d'être venu si loin pour
assister à de semblables choses, je n'en conserverai pas moins
une éternelle reconnaissance au brave et digne général qui
avait cru, en m'envoyant ici, me donner une occasion nouvelle de rendre des services à mon pays. Oui, je suis fier et
heureux tout à la fois d'avoir été un des quatre officiers que
l'armée de terre prêtait à l'armée navale dans un moment où
tout faisait croire à une guerre sérieuse et où l'on pensait que
nous pouvions utiliser contre les cavaliers Gauchos de Rosas
l'expérience que nous avions acquise contre les Hadjoutes de la
Mitidja et les Kabyles de Bougie. Du reste (je dois le dire)
c'était M. le vice-amiral Baudin qui nous avait demandés au
ministère de la guerre, et quand il nous jugeait utiles ici,
sans doute il nourrissait un autre désir, il poursuivait un
autre but que M. le baron de Mackau. Quoiqu'il en soit, lais-
sons à chacun ses œuvres : M. de Mackau a l'avantage d'avoir
mis fin au blocus de Buénos-Ayres, M. Baudin aura la gloire
d'avoir refusé de le terminer ainsi, et — si je n'avais peur de
me compromettre — je vous dirais bien volontiers quel est
celui des deux amiraux qui me semble avoir, dans cette occur-
rence, mieux mérité de la patrie et de tous.

M. l'amiral Mackau part demain pour France. Le blocus est
levé. A chaque instant la rade voit s'éclaircir les rangs des
navires qui l'encombraient. Avant trois jours, moi aussi je
serai en route pour revenir près de vous; mais je vous écrirai
encore. D'abord j'ai, ce me semble, d'autres mœurs à vous
retracer, d'autres faits à vous relater; ensuite je serai probablement assez heureux pour mouiller, en passant, près de
quelqu'île que je visiterai et qui fournira des aliments à
ma curieuse avidité. Je le désire plus que je ne l'espère. Qui
m'eût dit, lorsque je partis de Brest, que cette fatigante péré-

grination serait si courte et si vide?... Oh! désormais, après
un désappointement aussi inattendu, je n'oserai plus exprimer
d'avance les probabilités, les chances conjecturales que for-
mera mon imagination.

Agréez, etc.

LETTRE V.

En mer, ce 4 décembre 1840, vers le 36° lat.
sud et le 49° long. Paris.

Depuis que je marche seul sur le chemin de la vie, j'ai parcouru bien des traverses parce que je tenais à aller droit devant
moi, j'ai trébuché souvent parce que j'avançais toujours la
tête haute ; mais du moins je conservais, après chaque contre-
temps, un espoir et des forces que je vois tomber aujourd'hui
sous le coup nouveau qui m'est venu frapper. A vingt ans on
est trop près de son matin pour présupposer que le soir arrive
si vite, et là où s'évanouit une illusion surgissent mille autres
illusions plus brillantes. Le même moment qui tue nos plus
beaux rêves en voit naître de plus beaux encore, et le terrain
mouvant où s'écroulent nos premiers châteaux en Espagne,
semble, comme par enchantement, offrir des fondements plus
solides à ceux que l'amour de la gloire nous fait mentalement
bâtir sur leurs débris. Or, il arrive un jour où un regard rétrospectif sur le passé et une triste réflexion vers l'avenir viennent opérer une singulière révolution dans notre être et nous
éclairer des odieuses lumières d'une expérience douloureuse-
ment achetée... Qu'importe au chêne du printemps que des
chenilles rongent et souillent sa verdure? Pour une branche
maculée il en possède cinquante qui s'étendent pleines de sève
et de vigueur. Même à l'époque où le vent d'automne disperse
au loin toute sa parure, n'a-t-il pas à attendre un soleil d'avril
qui le rajeunit et lui rend son éclat primitif. Mais nous qui,
semblables au chêne dépouillé de ses feuilles, avons vu le
souffle de l'adversité détacher une à une toutes nos espérances,

trouverons-nous désormais une saison vivifiante qui nous res-
titue ce que nous avons perdu?... Non , oh! non, je n'énu-
mérerai pas ici tous les échelons que j'ai senti successivement
se briser sous mes pieds tandis que je montais vers la double
gloire dont les lettres et les armes semblaient leurrer mon
ambitieuse adolescence; je réserve ces confidences pour d'autres temps, pour d'autres lieux. Que de fois, au moment même
où je croyais palper le but, je l'ai vu s'éloigner de moi comme
une ombre insaisissable... Et pourtant, comme le métromane
de Piron,

> ....Je touche à l'âge heureux
> Où Corneille et Racine étaient déjà fameux.

Oh ! dans ces dernières circonstances, quand, sans avoir sol-
licité cette faveur , je reçus l'ordre de partir précipitamment
pour faire partie d'une expédition maritime; quand , seul , je
quittai un régiment où tant d'autres me portaient envie et me
prédisaient des succès , qui m'eût dit que toutes ces magnifiques chances de renom et de bonheur se résumeraient à ren-
trer obscurément en France sans avoir entendu siffler une
balle, sans avoir dégainé mon sabre du fourreau !... Des privations, de la fatigue , des dégoûts , six ou sept mois de mer ,
voilà ma campagne de *la Plata* réduite à son expression la plus
simple et la plus vraie. Cette occasion de me faire remarquer
qui aurait été si favorable dans le poste que je devais occuper, se
représentera-t-elle jamais? Non, il me faudra vieillir officier subal-
terne ou écrivain peu connu, et je mourrai sans avoir foulé
d'un pied victorieux une des sommités que mon œil a mesu-
rées, que mon âme a comprises et que tout mon être convoite.
Eh ! dans la carrière des lettres que m'ont rapporté ces longues veilles , ces fatigants travaux que j'élucubrais en silence
pour acquérir des connaissances que mon éducation première
ne m'avait pas même fait soupçonner ? Rien , si ce n'est une
éphémère réputation s'étendant à peine hors de l'enceinte des
garnisons où je passais et circonscrite dans le cercle étroit que
parcouraient les journaux de province où je déposais quelques

essais oubliés le lendemain de leur apparition. De si petits résultats compensent-ils de si grands sacrifices?...

Je ne veux pas m'appesantir davantage sur ce pénible sujet; mais il me domine, il assombrit mes idées, me fait voir tout en noir, donne à ma parole et à mes gestes une brusquerie insolite. Ceux qui m'entourent ne pouvant deviner ces orages intérieurs, attribuent sans doute mon changement à un mauvais caractère. Ce n'est pas malheureusement avec les yeux de la tête qu'ils peuvent apercevoir ce qui se passe en moi.

Durant ma première traversée, le but que je poursuivais et que je m'imaginais voir devant moi, embellissait mes plus tristes journées, me faisait trouver des charmes jusque dans mes insomnies et prêtait de la saveur même aux viandes salées dont on couvrait sempiternellement notre table. Maintenant tout est bien changé; non-seulement je n'ai pas conservé d'hallucination qui égare ou trompe ma raison, mais encore je me trouve sous tous les rapports mal, réellement mal à bord. Le carré de l'état-major nous réunit *dix-neuf* à chaque repas, et jamais nous ne nous y sommes vus plus détestablement servis. Ce n'est certes pas la faute du gouvernement qui verse pour chacun de nous une allocation plus considérable qu'il n'en faudrait pour nous procurer toutes les jouissances de la vie animale; il n'y a rien non plus ou peu de chose à reprocher à ceux qui étaient chargés de l'achat de nos provisions, ils en souffrent comme nous; mais on s'en est occupé trop tard et nous avons appareillé plus tôt qu'on ne s'y attendait.

Pendant la nuit nous couchons dans la batterie, une cloison de toile nous sépare des hamacs de la troupe, et 8 cadres (4 à babord et 4 à tribord), destinés aux capitaines et lieutenants passagers qu'on n'a pu mieux loger, sont appendus pour notre usage jusqu'à 7 heures du matin, pas plus tard; tant pis pour celui de nous qui sent encore le besoin du repos ou qui se trouve indisposé ou étourdi par les oscillations du bâtiment : il ne peut, en se levant, promener sur le pont que l'équipage est en train de laver, ni rester dans la batterie que le faubert et le balai nettoient, ni s'asseoir dans le carré que l'on brique avec un bruit infernal, ni demeurer nulle part sans être assourdi, ou mouillé, ou poussé, ou gênant, ou gêné. Pendant le jour, nous n'avons pas un local où nous puissions sommeiller, et, certains de ne pas l'obtenir, nous ne demandons jamais la faveur de faire mettre nos cadres à notre disposition. Le tapis vert du carré nous rassemble et c'est là seulement que nous pouvons nous livrer aux charmes de la lecture ou au plaisir de déposer sur le papier nos sentiments divers. Tout l'avant étant affecté aux sous-officiers et soldats, aux maîtres et aux matelots, nous avons pour nous tout l'arrière de la corvette; mais ceux d'entre nous qui ont l'habitude de fumer ne peuvent se livrer à ce passe-temps que dans le court espace qui sépare le cabestan du grand mât. Le soir, une unique lampe nous éclaire dans le carré de l'état-major ; malgré nos réclamations et l'insuffisance reconnue de cet économique luminaire, on n'a pas voulu nous en accorder une seconde. Nos malles ne sont pas à notre disposition, et c'est une cause quotidienne de gêne et d'*humour* chaque fois que nous voulons changer de linge ou nous livrer aux soins que la propreté personnelle réclame. Ces inconvénients et bien d'autres ne nous empêchent pas de supporter patiemment toutes les différentes phases de la vie du bord; elles sont communes à tous les hommes embarqués. De quelque côté qu'on envisage la chose, elle n'est pas gaie pour qui est obligé de la souffrir. Nos camarades du bord ont des chambres trop étroites pour qu'ils puissent les partager avec nous, — ensuite ils sont continuellement en mer, tandis que nous n'y sommes consément que pour peu de jours; ils ont des quarts de nuit et du service à faire, etc... Tout bien considéré, nous avons à peine ce que l'on ne peut pas nous refuser. Nous ne devons de la reconnaissance à personne. C'est un avantage dont je connais tout le prix.

D'autres désagréments m'ont été d'autant plus pénibles qu'ils ne m'étaient pas personnels. Je veux parler de petites tracasseries dont on a entouré quatre sous-officiers qui devaient être nos adjudants dans le service que nous étions appelés à remplir en cas d'une descente ou d'une attaque sur Buénos-Ayres. Ils appartenaient, comme nous, à des régi-

ments différents , étaient portés sur le tableau d'avancement
de leur corps respectif, et tout en eux démontrait qu'ils n'a-
vaient été choisis par leurs colonels que parce qu'ils avaient
des droits à une position plus élevée. Eh bien! non-seulement
ils n'ont pas joui des prérogatives dues à leurs grades qui les
assimilaient aux principaux maîtres de l'équipage, mais encore
j'ai été forcé moi-même de réclamer pour eux une justice qui
ne leur a point été rendue. J'ai demandé qu'il leur fût délivré
deux fois par jour du pain blanc, comme aux officiers mariniers,
et je n'ai pu l'obtenir. Le commandant, me développant des con-
sidérations détaillées qu'*il ne me devait pas*, disait-il poliment,
mais dans lesquelles il aimait à entrer avec moi, répondait
qu'il était parti avec 70 jours d'eau; qu'il serait peut-être
forcé dans la suite de supprimer un repas à l'équipage; que
nos adjudants ayant quitté volontairement la table des maîtres
n'avaient pas plus de droits que les autres militaires passagers; que du reste il leur accordait plus qu'à l'équipage qui
n'obtenait du pain que tous les deux jours , tandis qu'eux en
avaient une fois chaque jour , etc. , etc. Le tout dit fort obli-
geamment, mais ne changeant rien à la position de nos sous-
officiers qui voyaient autour d'eux les maîtres leurs égaux ou
leurs inférieurs , ne recevoir jamais de biscuit. Cet incident
m'a déplu beaucoup, et cela se conçoit aisément.

J'ai exprimé déjà de vive voix mon opinion sur les faits que
j'avance ici. Ceux qu'ils peuvent intéresser m'ont entendu et
ne seront pas étonnés, s'ils viennent à me lire, de voir que j'ai
conservé la même manière de penser et que j'en ai adouci l'expression dans cette lettre. Je désire seulement que la publicité que ces réflexions obtiendront soit utile à ceux qui, après
moi , seront passagers sur les navires de l'état, et leur pro-
cure des douceurs ou des commodités qui nous ont manqué.

Le 25 novembre, M. le baron de Mackau est parti pour France
sur la frégate *la Gloire*, laissant le commandement de la flo-
tille à M. Dupotet. Le même jour, nous sommes revenus en
rade avec notre provision d'eau, et — le 27 au soir — après
avoir tiré un salut de treize coups de canon auxquels *l'Ata-
lante* a répondu, nous avons appareillé, levé l'ancre et... de-

puis huit jours nous voilà voguant lentement vers Brest, contrariés par des vents qui nous détournent de la ligne de notre route.

Nous avons, en passant, appris du brick de commerce *la Thérésa* que la guerre avait commencé en Europe et que les Anglais venaient de canonner Beyrouth. Ce sont les premières nouvelles que nous ayons reçues de France depuis notre départ, c'est-à-dire depuis plus de trois longs mois. Si elles sont véritables, elles expliquent, sans la justifier, la conclusion de notre traité avec la république Argentine.

Agréez, etc.

LETTRE VI.

En mer, ce 8 janvier 1841, vers le 8° lat. nord
et le 20° 50' long. Paris.

Chaque fin et commencement d'année ramènent mille souvenirs d'enfance. « Heureux, me dis-je alors avec un grand » écrivain, ceux qui n'ont jamais vu le feu des fêtes de l'é- » tranger, et qui ne se sont assis qu'aux festins de leurs » pères! »

Cet espace de quinze jours compris entre la veille de Noël et le lendemain de l'Epiphanie a réveillé bien d'agréables sensations sous les regards que j'ai jetés dans mon passé, et a fait naître de fort pénibles pensées sur l'isolement et l'absence que m'offre le temps présent. Dix-sept ans passés loin du toit natal, loin des douces expansions de la famille, ne m'ont point habitué à oublier ces jouissances du cœur. Pourtant ce premier janvier doit faire doublement époque dans mon esprit : il m'a vu entrer tout à la fois dans une nouvelle année et dans un nouvel hémisphère; car ce jour-là même nous avons coupé la ligne par le 20e degré de longitude. Mais, à part ce qu'avait de remarquable pour moi cette double transition, rien n'a égayé cette journée qui, comme les autres, s'est écoulée monotone et incolore.

Un marsouin et un requin ont été pris par nos matelots à quelques heures d'intervalle; le premier à l'aide d'une fouine qui l'a transpercé au moment où il passait rapidement sur l'avant du navire, et le second au moyen d'un émérillon qui avait été lancé sur l'arrière chargé d'un fort morceau de lard. L'un et l'autre ont été dépécés vivants et malgré les fréquents coups de queue qu'ils faisaient retentir sur le pont. Jamais je n'ai trouvé plus juste la dénomination de *mutum pecus* (gent muette) que les anciens donnaient aux poissons : ces deux monstres marins, sans faire entendre un seul cri, un seul gémissement, ont subi les tourments d'une lente agonie et d'une terrible opération. J'ai mangé de leur chair; celle du requin (qui du reste était tout jeune, à peine avait-il un peu plus de deux mètres) m'a paru d'une saveur bien supérieure à l'autre et était réellement agréable au goût.

On nous a servi plusieurs fois déjà des dorades et des bonites. Durant les jours où le sillage du bâtiment est peu sensible, on en prend fréquemment et sans beaucoup de peine. Souvent aussi nous voyons des myriades de dactyloptères ou *poissons-volants*, poursuivis par des troupes de ces mêmes bonites ou dorades, s'élancer au-dessus des flots et se soutenir en l'air aussi long-temps que la membrane qui unit les rayons de leurs nageoires ailées n'a point été desséchée. Il en est qui volent de la sorte pendant 12 ou 15 secondes. — Le plus joli, le plus étrange habitant des mers que je me suis plu à admirer, est certainement le rémora *(écheneis)*. J'en ai conservé un de cette intéressante famille; il s'était attaché au requin que nous avons pris, il ne l'a point abandonné dans son malheur, a partagé sa disgrâce et l'a fidèlement suivi sur notre dunette. Je l'ai gardé pendant plusieurs heures vivant. Je me suis vu une fois obligé de dépenser un peu de ma force pour le décoller des parois d'une baille où je l'avais déposé dans l'eau de mer et où il s'était énergiquement fixé avec les lignes cartilagineuses de son disque. Ce disque plat et ovalaire que la nature a placé au-dessus de sa tête, rend ce petit animal réellement remarquable; les lames transversales et dentelées qui y sont placées lui servent à s'attacher solidement

aux corps qui lui conviennent, aux *squales* comme aux navires ; moyen économique et sûr qu'il emploie pour voyager
au loin et qui n'est pas toujours sans danger pour lui. Il est
unique dans son espèce, et ce qu'il y a de singulier c'est que,
malgré la petitesse de sa taille qui ne dépasse pas trente ou
trente-cinq centimètres, les anciens lui attribuaient le pouvoir d'arrêter dans sa course le vaisseau le mieux lancé.

Je ne vais point faire ici une compilation zoologique, quoiqu'il me deviendrait bien aisé de me donner, sous certains
rapports, quelques airs de pédantisme et de prétention si, à
l'occasion de mon court voyage, je venais me suspendre aux
diverses branches des sciences naturelles. Oui certes, si je ne
voulais exclusivement m'attacher à peindre seulement ce que
j'ai vu, ce que j'ai senti, je m'empresserais, monsieur, de promener votre attention de l'albatros des mers à l'autruche des
terres, des cachalots et des dauphins de l'Océan équinoxial aux
crotales et aux ignames de l'Amérique du Sud, des raisins ou
goëmons des tropiques aux lianes ou savanes des Pampas...
Mais, malgré le proverbe *peut bien mentir qui vient de loin*,
je me renferme dans le cercle étroit de la simple vérité, et
pour le plaisir d'aligner quelques phrases de plus, je n'irai pas
décrire des objets que je ne connais que par des livres ou des
ouï-dire.

Ce n'est pas que je ne me reproche d'avoir peu profité de
tous les instants dont j'ai pu disposer, de n'avoir pas mieux
exploré les alentours de Montévidéo, de n'avoir pas étudié davantage ces mœurs demi-abruptes, demi-civilisées; de n'avoir
point visité les *saladéros*, surtout celui de la *Punta-Yeguas*(1)
où j'étais attendu; de n'être pas entré dans les cabanes des
paysans où, buvant du lait et mangeant *carne con cuero*,
j'aurais pris un peu mieux la nature sur le fait, etc., etc.
Mais, pour me disculper à vos yeux et aux miens, je puis établir irréfutablement que, pendant le mois que j'ai passé dans
la Plata, je ne pouvais pas être continuellement à terre. Ma
table et mon lit étant sur *l'Adour*, je ne descendais en ville
qu'entre mes repas: il en eût trop coûté à ma petite bourse si

(1) Pointe des Juments.

j'y avais souvent dîné ou couché, car tout y est excessivement cher. Quelquefois la rade n'était pas sûre ; un *pampéro* menaçait de souffler et alors il fallait bien se résigner à rester à bord. Il est certain que je n'ai pas passé plus de cinq nuits dans la capitale de l'état oriental. D'un pareil état de choses il appert que je n'avais pas toutes les facilités désirables pour voir bien et beaucoup, *dont me duit.*

Notre personnel (j'ai dû vous l'écrire déjà) est considérablement augmenté ; nous comptons à bord 350 individus, officiers, matelots et soldats ; notre provision d'eau ne paraît pas trop rassurante au petit train dont nous marchons. On a lesté et jeté à la mer cinq hommes décédés depuis notre dernier départ ; le chiffre de nos malades a été un moment alarmant. Nous sommes loin de pouvoir leur donner tous les soins que leur état réclame ; il n'y a pas plus de sangsues que de vivres frais autour de nous. Ces divers motifs et quelques autres nous autorisaient à présupposer une relâche quelconque, le commandant lui-même avait fait espérer que nous en aurions une. Elle semblait nécessaire et nous la désirions tous indistinctement. Or, après avoir manqué Gorée d'où les vents nous ont éloignés, on a eu la velléité de se diriger vers l'île principale de l'archipel du Cap-Vert. Nous n'avons pas été plus heureux dans cette nouvelle tentative : nos yeux ont pu entrevoir de loin la *Villa de Praya*, mais il ne nous a point été donné d'y aller jeter l'ancre, et nous ne nous arrêterons probablement que dans la rade de Brest. Ce sera un nouveau désappointement à ajouter aux mille et un qui me sont advenus pendant ces deux traversées, que de parcourir pour la seconde fois un aussi immense trajet sans avoir vu, entre le Finistère et l'Uruguay, autre chose que le ciel et la mer, et la mer et le ciel, deux objets (passez-moi l'expression), deux objets fort beaux sans doute, mais que je sacrifierais volontiers, dans ce moment-ci, pour le sourire d'une femme et un verre d'eau pure...

Je n'ai pas toujours été aussi sensible aux privations : quand je croyais m'acheminer vers des chances de péril et de gloire, quand j'espérais trouver l'occasion de mourir bravement ou de bien mériter de la patrie, tout s'offrait à mes regards sous l'aspect le plus riant. Aujourd'hui que j'ai l'affligeante certitude d'aller me replonger dans la monotonie des garnisons, aujourd'hui que je dévore le regret d'être venu si loin pour si peu, je supporte impatiemment la moindre gêne et mes paroles, ma prose, mes vers prennent un ton élégiaque qu'il m'est impossible de changer. Eh! qui n'aurait pas été induit en erreur comme moi? qui n'aurait pas sacrifié avec plaisir et les délices de la garnison de Paris, et l'urgence de ses affaires de famille, et les espérances littéraires que me donnait mon séjour dans la capitale? qui, enfin, n'aurait pas été content et orgueilleux des promesses que semait sur ma route la dépêche ministérielle suivante:

« **MINISTÈRE DE LA MARINE ET DES COLONIES.**

« Paris, le 20 juillet 1840.

» Monsieur le vice-amiral, *pour ne pas priver l'armée de* » *terre de prendre part à une expédition qui a pour but de* » *soutenir l'honneur de la France*, il fut décidé, au mois de » juin dernier, que quelques officiers et sous-officiers d'infan- » terie de ligne, désignés par M. le ministre de la guerre, » seraient envoyés à Brest pour faire partie de l'expédition de » la Plata.

» Ces militaires sont au nombre de huit; ce sont » MM. Courtot de Cissey, capitaine au 30e de ligne.

Maillard, capitaine au 27e de ligne.

Tournilhon, lieutenant au 67e de ligne.

Lozière, sous-lieutenant au 66e de ligne.

Bouvrit, sergent-major au 18e de ligne.

Lassus, sergent-fourrier au 39e de ligne.

Sauquet, sergent-major au 63e de ligne.

Lepeintre, adjudant-sous-officier au 65e de ligne.

» Plus tard, M. Botherel, lieutenant au 8e de ligne, a été » choisi pour la même *mission;* mais il a été dirigé sur Tou- » lon et sera embarqué sur l'un des bâtiments partant de ce » port pour la Plata.

» M. l'amiral Roussin me charge de vous faire connaître

» qu'il vous laisse le soin de déterminer les fonctions que ces
» cinq officiers auront à remplir dans l'expédition dont il s'a-
» git, *soit en les employant auprès de vous, soit en les affec-*
» *tant momentanément aux corps de la marine que vous*
» *seriez dans le cas de faire agir à terre si les circonstances*
» *exigeaient un débarquement, ou à tout autre service.*

» *Quant aux quatre sous-officiers, ils trouveraient égale-*
» *ment au besoin leur place dans des détachements de ma-*
» *rine, et leur concours ne pourrait qu'être utile à vos opéra-*
» *tions militaires.*

» Recevez, etc. »

Non, quand on a voulu nous faire représenter l'armée de
terre dans une expédition navale où *l'honneur de la France*
était en question, on ne prévoyait pas que le déblocus aurait
lieu si vite et si mal, on ne s'attendait certainement pas à des
résultats aussi mesquins. Mais tout en n'accusant personne,
tout en faisant la part des circonstances probables qui ont dû
amener cet inqualifiable traité, il me sera du moins permis
de me plaindre et de ne pas m'estimer heureux d'y avoir
assisté.

Il est des circonstances dans la vie d'un homme qui se respecte où le silence devient plus blâmable que la franchise.
Celle-ci pourtant offre quelques dangers; je les vois, les connais et les méprise. On peut tailler bien des plumes avec les
tronçons d'un sabre brisé.

Agréez, etc.

LETTRE VII.

En mer, ce 20 janvier 1841, vers le 24° lat.
nord et le 28° long. Paris.

Je lisais ce matin les études historiques de Châteaubriand.
Je me suis arrêté long-temps sur les réflexions que lui inspire
la désastreuse action navale de L'écluse. « Que de sang fran-
» çais, s'écrie-t-il, a coulé sur les flots depuis cette bataille à

» l'embouchure de la Meuse jusqu'au combat livré dans les
» parages du Nil!... (1) L'Arabe du milieu de ses sables, le
» Flamand du bord de ses marais, ont contemplé nos derniers
» et nos premiers désastres, nos marins emportés dans des
» tourbillons de feu ou abîmés sous les eaux. Le caractère des
» peuples est quelquefois indépendant de leur sol et de leur
» position géographique : la France flanquée de deux mers,
» n'a jamais su régner long-temps sur ces mers. Nous n'avons
» eu de flottes redoutables qu'à de longs intervalles et pour
» un moment : sous Charlemagne, Louis XIV et Louis XVI.
» Vainqueurs dans les actions particulières où nos capitaines
» se battent comme dans une affaire d'honneur, nous succom-
» bons dans les actions générales où il faut obéissance et
» discipline. Cet esprit d'insubordination et de jalousie qui
» semble attaché à notre pavillon, éclate dès notre premier
» combat naval entre les amiraux chargés de s'opposer au pas-
» sage d'Edouard. Nous n'avons point ou presque point parti-
» cipé à ces grandes découvertes qui ont changé la face du
» globe et les rapports des nations. Dans nos colonies, nous
» sommes devenus chasseurs, aventuriers, planteurs, jamais
» marins. »

Il est triste de se dire de pareilles vérités ; mais il peut devenir utile de ne pas les cacher. Ce n'est pas en palliant le mal
qu'on le guérit. La marine a rendu bien peu de bons services
à la France; elle ne l'a jamais dédommagée de l'énormité des
sacrifices qu'elle occasionne ; elle est restée stationnaire à une
époque où tout convergeait vers le progrès : quelquefois non-
seulement elle ne faisait rien, mais elle empêchait de faire ;
naguère, pendant que toutes les autres armes (infanterie, cavalerie, artillerie, génie, garde nationale, etc.) imprimaient
sur l'Europe, l'Asie et l'Afrique des traces impérissables de
leur glorieux passage, elle semait sur la Méditerranée et l'O-
céan le poids de ses débris et le bruit de ses défaites. Quelques
combats isolés qui n'ont pas été sans gloire, ne peuvent com-

(1) La bataille navale de L'écluse eut lieu en 1340, celle d'Aboukir en 1798, et
celle de Trafalgar, dont il n'est pas question dans ce passage, en 1805.

penser les nombreux revers dont elle nous a continuellement affligés. Le mérite incontesté, la bravoure reconnue de tous ses membres rendent plus évidente encore la faiblesse du corps entier qui faillit plutôt par la tête que par le cœur. C'était le désespoir de Napoléon ; il était inabordable et de mauvaise humeur chaque fois qu'il venait de s'entretenir avec ce Décrès qui, disait-il, *était ce qu'il avait trouvé de mieux, quoiqu'il ne créa rien, exécuta mesquinement, marcha et ne voulut pas courir.* On se souvient qu'avant de s'embarquer pour l'Egypte, le grand général, dans une proclamation, disait à ses intrépides soldats : « Vous allez courir de nouveaux dangers ;
» vous les partagerez avec nos frères les marins. Cette arme ,
» jusqu'ici , ne s'est pas rendue redoutable à nos ennemis. Ses
» exploits n'ont point égalé les vôtres , les occasions lui ont
» manqué; mais le courage des marins est égal au vôtre. Com-
» muniquez-leur cet esprit invincible qui partout vous rendit vic-
» torieux. Secondez leurs efforts. Vivez à bord dans cette bonne
» intelligence qui caractérise les hommes voués à la même
» cause , etc. »

Les hommes qu'on emploie dans la marine ne sont pas pétris d'un autre limon que les autres. Il n'est pas douteux qu'ils possèdent à un degré égal cette intrépidité , cet amour de la patrie qui font de nos troupes de terre les premiers guerriers du monde. Si l'on a réellement l'intention de remédier au mal, il faut extirper ces vices d'organisation , ces modes exclusifs d'avancement, cet emploi abusif des punitions avilissantes , et surtout ce régime pénal qui n'est plus en harmonie avec les besoins de l'époque, et dont l'effet moral ne peut être que dangereux, abrutissant. Le matelot traité continuellement avec un insolent mépris , avec une flétrissante brutalité, forcé de souffrir les tutoiements , les injures, les coups de ses chefs , récompensé, quand il se conduit bien, par la gratification d'un verre de vin, privé d'eau, ou lié par les pieds, ou brusquement frappé pour des fautes légères; le matelot ne peut conserver long-temps le sentiment de sa dignité personnelle; on fait trop peu de cas de lui pour qu'il s'estime ce qu'il vaut. Il ne voit point un ami, un père dans son officier ; il ne s'exposera point pour lui sauver la vie. Au jour du danger, il combattra , il manœuvrera avec courage sans doute, mais ne sentira jamais cet enthousiasme qui enfante les grandes choses. Il y a loin de cette incomplète et véritable peinture de l'homme de mer à l'abnégation , au dévouement que la communauté des mêmes fatigues et l'urbanité des procédés font naître entre les soldats de l'armée de terre et leurs supérieurs.

« Il vaut mieux faire monter le sang au visage d'un homme » que le lui tirer des veines... » Cette judicieuse et philantropique pensée de Lycurgue a été totalement inconnue des auteurs du code pénal et des réglements maritimes. Les châtiments qu'ils prescrivent en sont une preuve palpable : ils attaquent toujours la santé du corps et ne s'adressent pas à la sensibilité de l'âme. Voyez plutôt : *le retranchement d'eau ou de vin, l'amarrage* ou *la suspension dans les enfléchures, les fers, les menottes, le bâillon, le cabestan, les coups de corde ou de martinet, la bouline, la cale,* etc.

· J'ai eu le regret de voir ces jours-ci appliquer, *sans jugement,* la peine de la savate à un matelot accusé d'avoir soustrait et porté la chemise d'un de ses camarades. Le fait était patent, le patient avait été trouvé nanti et habillé de l'objet volé. Vingt hommes armés d'un soulier devaient, l'un après l'autre , en décharger un coup sur une partie de son corps absolument nue et exposée aux regards de l'équipage assemblé. Néanmoins, soit que les autres matelots n'eussent pas la même opinion que leurs chefs, soit qu'ils aient cru devoir admettre des circonstances atténuantes, ils frappaient de manière à effleurer à peine la peau du coupable. Vainement le lieutenant de vaisseau qui veillait à cette exécution, leur clamait de temps à autre pour stimuler leur vigueur: *Plus fort!... plus fort!... c'est pour un vol!...* ils n'en persistaient pas moins à le ménager. Leur indulgence a été plus nuisible que profitable à ce malheureux: le lendemain il lui a été administré encore vingt coups de martinet par la main d'un quartier-maître moins bénévole, et le perruquier du bord a rasé à moitié sa tête qui, jusqu'à ce que les cheveux y soient repoussés, témoignera du délit et de la punition... C'est trop ou pas assez : trop , si l'homme ainsi flétri doit continuer à vivre au même plat, à jouir des mêmes droits que les autres ; pas assez, si, réellement coupable , on a voulu le soustraire à la justice d'un conseil de guerre.

Il m'arrivera peut-être de traiter ailleurs qu'ici la question que semblent avoir soulevée les premières phrases de cette lettre, et dont je me suis volontairement éloigné aujourd'hui. Je ne suis pas homme à dissimuler une pensée quand je la crois utile. Je me sentirais le courage de la proclamer hautement , lors même que la faiblesse de ma voix me ferait appréhender de n'être point entendu.

Quand surgira-t-il à la tête de notre marine un homme d'énergie et d'action qui la pousse enfin hors des ornières de la routine, qui aplanisse le chemin des hauts grades à toutes les intelligences, à tous les courages? C'est un moyen infaillible d'imprimer un grand mouvement d'ascension dans les classes: l'aiguillon de l'émulation , la force de la concurrence porteront les ignorants à s'instruire , les habiles à élargir le cercle de leurs connaissances , et tous à bien mériter du pays. Cook et Nelson chez nos voisins, Jean Bart et Duguay-Trouin parmi nous, ont prouvé que pour être bon marin, il n'était pas exclusivement nécessaire d'avoir passé quelques saisons sur un vaisseau-école (1).

Cinq mois, oh ! oui, monsieur, rien que cinq mois... Ils m'ont paru tellement longs , que je les ai comptés sur mes doigts, soupçonnant que leur nombre était plus élevé. — Cinq mois ont commencé et fini depuis que je n'ai pas reçu des nouvelles de France. Cette privation est sans contredit la plus pénible de toutes celles que je subis. Comme je vais avidement dévorer les premières lettres qui me viendront de ma famille!... Et — après m'être plu long-temps à toute l'expansion de mes sentiments pour elle — comme je me hâterai de compulser les feuilles publiques pour suivre les mouvements de cette armée d'Afrique où je compte de bons camarades; pour

____

(1) Ils ne sont pas les seuls : M. Duperré et quelques autres célébrités navales ont aussi débuté dans le commerce.

voir avec quelle sévérité on jugera l'expédition à laquelle je
viens de prendre une part si innocente; pour apprendre quel
est le poids de mon pays dans la balance politique qui étend
ses deux bassins sur la Turquie et l'Egypte; pour applaudir
aux nouveaux succès de ceux de mes amis qui vivent dans le
monde littéraire; pour m'éclairer des lumières que le choc
des discussions fait jaillir de nos deux Chambres; pour connaître les divers dénouements des horribles drames que les
tribunaux avaient déjà évoqués; enfin pour une infinité de
choses plus ou moins importantes que je suis bien impatient
de savoir.

Vingt personnes qui se trouvent continuellement en présence
les unes des autres; qui — le jour comme la nuit — promènent, conversent, mangent, lisent, pensent ou dorment ensemble; qui n'ont d'autres sources de distractions que les éléments
assez monotones d'une traversée ordinaire; qui voient — le
lendemain à-peu-près à la même heure que la veille — revenir
le soleil et la lune, le déjeûner et le diner, l'instant de se
réveiller et celui de se rendormir; qui ont mesuré à satiété
l'espace qui s'étend entre la dunette et le grand mât, ou le
temps qui s'écoule entre le branle-bas du matin et la prise des
ris aux huniers le soir; ces vingt personnes arrivent à un moment où elles n'ont plus rien de nouveau à se dire. Il en est
même que l'on sait par cœur. On est bien heureux alors quand
on peut rencontrer un être dont les souvenirs variés, l'esprit
inventif et la gaîté de cœur présentent fréquemment de nouveaux aliments à une conversation attachante ou instructive.
J'ai eu cette satisfaction-là du moins et je lui dois des moments
bien agréables.

Dans les interstices de ces entretiens nauséabonds que l'ennui continuel et la nutrition salée assaisonnent trop souvent
d'aigreur et de médisance, se glissent parfois de ces noms célèbres dont l'éclat blesse toujours la vue des gens médiocres
ou nuls. Il n'est pas rare alors d'entendre opposer d'injustes
critiques à des louanges méritées, des commérages de valets-
de-chambre à des bulletins de généraux en chef, des actes
cachés ou faux à des faits publics ou incontestés, des défauts

ignorés à des vertus bien reconnues. A celui qui se crée le
malin plaisir de me faire remarquer que Caton ne dédaignait
pas continuellement le bon vin, que César était efféminé, que
Chilon avait d'ignobles goûts, etc.; à celui qui me tient de
semblables propos, je dis avec un grand et élégant penseur:
« Malheur à qui va chercher, dans la vie privée d'un homme,
» des raisons pour moins admirer ses actions publiques : à
» coup sûr ce ravaleur de vertus ne fera jamais lui-même des
» actions dignes d'être racontées. »

Nous marchons en ce moment-ci à pas de géants. L'allure
de notre château-ailé est des plus rassurantes : huit et neuf
nœuds sont le filage alternatif que, depuis quatre jours, la
ligne du loch nous annonce à chaque heure, et nous sommes
en bonne route. Nous ne regrettons plus de n'avoir pas relâ-
ché. Nous pensons à la France que nous reverrons au commencement de février, et nous ne parlons plus ni de Gorée avec
son roi des nègres et ses régimes de bananes, ni de Praïa
avec ses oranges et ses singes, ni de Cadix avec ses moines et
ses castagnettes.

> *Nec de gadibus improbis puellæ*
> *Vibrabunt sine fine prurientes*
> *Lascivos docili tremore lumbos* (1).

Sur ce, je vous prie de recevoir, etc.

LETTRE IX ET DERNIÈRE.

Rade de Brest, 16 février 1841.

Avant-hier enfin nous avons jeté l'ancre, après quatre-vingts
longs jours d'une traversée pénible. Les navires qui étaient
partis à la même époque que nous de l'embouchure de la
Plata, sont arrivés ici depuis plusieurs semaines, et la frégate *la Gloire*, qui n'avait que quarante-huit heures d'avance

(1) Martial — 79 — Liber V.

sur *l'Adour*, a mouillé dans la rade de Brest il y a déjà près d'un mois. Ainsi nous n'apportons aucune nouvelle du Nouveau-Monde , et nous en avons beaucoup à apprendre dans l'ancien. Durant les cinq journées de quarantaine qui couronnent dignement notre voyage transatlantique , nous espérons recevoir des lettres et des journaux. En attendant qu'on nous les fasse passer avec la permission de l'intendance sanitaire , je vais à la hâte clore cette correspondance par le récit de nos dernières tribulations.

Le beau sillage dont je vous entretenais dans ma précédente lettre, a cessé tout d'un coup. La brise avait molli dès le 23 janvier et, durant les premiers jours de février, nous avons rencontré des calmes à des latitudes où , d'ordinaire , on ne s'attend pas à en avoir. Un temps glacial et brumeux , une pluie froide et continue, des jours sans soleil et des nuits sans étoiles, achevaient de jeter du découragement parmi quelques-uns. Comme on ne pouvait faire *d'observation* réelle , c'était sur une *estime* tout-à-fait conjecturale que l'on se basait. Cette incertitude aurait pu nous devenir funeste si nous n'avions rencontré *la Néréide*. Le commandant de cette frégate nous a prévenus , au grand étonnement de tous , que nous étions sur la route de Cherbourg, dans la Manche. Dans la Manche!... et la veille encore on croyait distinguer le fort St.-Mathieu d'Ouessant. Dans la Manche!... et les résultats produits par le jet de la sonde avaient établi le contraire... Croyez donc désormais à la précision de ces calculs raisonnés le sextant d'une main et Guépratte de l'autre... Etonnez-vous encore des nombreux sinistres qui nous attristent chaque année.

Pour lors , nous avons viré de bord. Nous avons marché pendant quelques heures dans les eaux de *la Néréide* qui nous a dépassés bientôt et est arrivée long-temps avant nous à Brest. Le 12, un pilote est venu nous joindre ; mais une bourrasque nous a encore forcés de louvoyer, et le 14, à 7 heures du matin , nous étions à 24 milles d'Ouessant. Nous sommes entrés dans le goulet vers le soir, et notre navire a été définitivement amarré à un *corps-mort* non loin du stationnaire qui commande la rade.

Sans avoir eu ni mâture cassée ni bonnette déchirée, nous avons, en dernier lieu, essuyé des grains très-violents et une mer excessivement houleuse. Ces longues lames écumantes qui se brisent avec fracas contre le bâtiment qu'elles secouent, les bruissements aigus de ces vents engouffrés dans les voiles qui gémissent et faisant ployer les mâts qui craquent, ont incontestablement leur beau côté, leur *sauvage harmonie (beau style !)*; mais — je suis forcé de le dire — je n'ai pas vu encore une tempête comme j'en aurais désiré, et il faut bien que je me contente de ce dont la Providence a bien voulu me rendre le témoin.

Dans ces grandes commotions, rien au monde n'est plus hétéroclite que la figure d'un homme timide qui s'efforce d'exprimer au-dehors un courage qu'il ne sent pas au-dedans : ses yeux qu'il veut animer et qui conservent une toute autre expression que celle qu'il désire leur donner ; ses traits dont la tension habituelle s'oppose à la contraction momentanée qu'il cherche à leur prêter ; ses lèvres dont le sourire affecté n'efface pas la lividité véritable ; son front qui n'est éclairé ni par la vivacité de ses regards, ni par le carmin de ses joues ; ses cheveux qui — malgré la pression instantanée de sa main — sont plus hérissés que d'ordinaire ; tout enfin décèle, malgré lui, la faiblesse qui le domine, les craintes qui l'assiègent. Ce qu'il tâche de dissimuler devient plus patent encore au moment où il parle pour faire passer dans l'âme des autres une vigueur que la sienne ne connaît pas. Ce n'est pas dans le choix de l'expression, c'est dans l'accentuation de la parole qu'il se trahit. Les mots dont le sens l'effraie le plus sont ceux-là même qu'il prononce avec le plus d'assurance, de rapidité ou d'affectation. Il a beau faire, il ne convaincra personne. Le précepte d'Horace : Si tu veux me faire pleurer, sois attendri toi-même, est dans cette circonstance, d'une application relative qu'on ne peut révoquer en doute.

Résultats ordinaires d'une mauvaise nourriture, les dissidents qui s'étaient introduits parmi nous, l'aigreur qui rendait si âpres certaines de nos conversations, semblent disparaître devant le choix des mets qui nous arrivent maintenant. La bonne harmonie revient avec la bonne chère, et nous ne nous quitterons pas sans doute sans voir renaître au milieu de nous une intimité de relations et d'amitiés que nous n'aurions pas dû perdre et qui eût fait nos journées moins longues et plus gaies... Que l'on vienne me dire désormais que les quarantaines sont inutiles !

La libre pratique nous sera accordée après-demain dès que le jour commencera à poindre.

Je terminerai donc ici cette série de lettres qui a si peu réalisé les espérances que je nourrissais en la commençant ; pauvre, vide, stérile, monotone et triste, elle ressemble beaucoup, monsieur, au voyage qui l'a inspirée. Si de grands événements avaient fait vibrer mon âme, si de nobles résultats étaient venus m'électriser, peut-être n'aurais-je pas été au-dessous de la tâche que je m'étais imposée. Mais.............................
....
....

Daignez avoir pour agréable l'assurance, etc.

TROIS-JOURS,

ou

LE CHIEN DU RÉGIMENT.

POÈME HÉROI-COMIQUE.

———

CHANT Ier.

SOMMAIRE : *Exposition. — Invocation. — Symptômes de la révolution. — Priviléges des chiens de cour. — Jalousie des autres. — Vengeance. — Courage. — Noble désintéressement. — Comment le héros du poème a conquis son beau nom. — Programme qu'il propose et qu'on feint d'agréer.*

Je vais chanter, — en vers presque héroïques, —
D'un brave chien l'histoire et les exploits ;
Je redirai ses vertus domestiques
Et ses malheurs qui pourront, — je le crois, —
Mouiller de pleurs les yeux les plus stoïques.
Nous le verrons, dans les murs de Paris,
Mordre, hurler aux trois grandes journées,
Et conquérir par ses dents et ses cris
Un nom brillant comme ses destinées ;
Nous le suivrons dans les champs africains
Où sa valeur constamment soutenue
Portant des coups aussi beaux que certains,
Du Musulman blessait la jambe nue.
Sous les cactus du camp de *Douhéra*,

Dans les roseaux que baigne la *Chiffa*,
Toujours, partout, à la ville, à la ferme,
Nous le peindrons et courageux et ferme,
Aimant, cousant, japant et cœtera,
Et nos travaux auront atteint leur terme
Quand de ses jours le terme arrivera.

Viens m'inspirer, esprit des temps bibliques,
Qui, — célébrant deux ânes à la fois, —
Sut marier leur clapissante voix
Aux saints accords des célestes cantiques.
Et viens aussi, muse des jours antiques,
Viens sur mon luth guider mes faibles doigts
Et me dicter, — dans des chants homériques, —
De mon héros les glorieux exploits.
Le chien d'Ulysse est un parfait modèle
Et de tendresse et de fidélité,
Le mien sera, — pour la race nouvelle, —
L'emblême heureux de l'intrépidité,
Et, — n'en déplaise à feu Jean de Nivelle, —
Le type fier d'un grand et noble zèle,
Fils de l'audace et de la liberté.

En ce temps-là, vivaient dans la mollesse
Des chiens de cour mesquins et rabougris.
Dans les jardins ils pénétraient sans laisse,
Sans muselière ils erraient dans Paris.
Vils ignorants!... quel était leur mérite
Pour obtenir l'honneur du tabouret?...
Point ne savaient sous un bled, dans un gite
Tenir la caille ou le lièvre en arrêt.
Ils n'auraient pu trotter toute une lieue
Sans éprouver des douleurs aux poumons.
Le regard fauve et portant bas la queue,
Devant les chats ils fuyaient, les poltrons.
Lâches et sots, incapables de faire

Rien d'agréable, ou d'utile, ou de grand,
Nous dira-t-on ce qu'ils avaient pour plaire
Aux gens d'un roi qui les méprisait tant ?...
La nuit, le jour ils rampaient, les infâmes,
Devant l'habit ou la robe de cour,
Et puis léchaient les hommes et les femmes
Qui commandaient dans ce brillant séjour.

Les autres points de cette ville immense,
Et les hameaux, les cités de la France
Voyaient alors des dogues, des mâtins
Dans la fatigue, au sein de la souffrance,
Traîner, hélas ! de pénibles destins.
Que leur servait de veiller avec zèle
Pour éloigner nuitamment les voleurs,
Ou de rester avec un soin fidèle
Près des talons de leurs froids possesseurs ?
Que leur servait de traîner la voiture
Du boulanger qui les sevrait de pain,
Ou d'augmenter aux champs la nourriture
Du fier chasseur qui riait de leur faim ?...
Jamais pour eux de la salle du trône
La porte d'or ne devait s'entr'ouvrir ;
Pas de tapis pour coucher leur personne,
Pas de gâteaux non plus pour la nourrir.
La gent canine avec impatience
Portait le poids de ses fers douloureux
Et n'attendait pour aboyer vengeance
Que le moment appelé par ses vœux
De les briser avec plus d'arrogance.

Quand, pour sortir du joug de Charles-Dix,
Les Parisiens eurent chargé leurs armes,
Roquets, limiers, griffons grands et petits
Vinrent aussi pour braver les alarmes
Et ressaisir leurs droits anéantis.

Aux chiens de cours ils firent dont la chasse,
Et n'eurent pas grand'peine à terrasser
Cette exécrable et molle et lâche race
Qu'ils avaient tant désir de pourchasser.
Que de vertus dans tous ces canocrates!...
Pour massacrer sans pitié, sans remords,
Contre le vol ils se montrèrent forts
Et n'auraient pas même emporté les jattes
Où leurs rivaux, maintenant froids et morts,
Avaient lapé des boissons délicates...

Parmi les chiens dont, au sein des combats,
On remarqua le surprenant courage,
Le dévoûment, le mépris du trépas
Et le sang-froid gardé dans le carnage,
Il en est un dont je ne dirai pas
Le noble sang, ni l'auguste lignage,
Car je serais dans un grand embarras,
A cet égard n'en sachant davantage
Que vous, messieurs, qui ne le savez pas.
Si j'ai regret d'avouer que j'ignore
L'illustre éclat de son féal blason,
Je suis, hélas! bien plus honteux encore
De ne pouvoir vous décliner le nom
Qu'il honorait avant la belle aurore
Du jour qui vit la révolution.
Quoiqu'il en soit, et comme la victoire
Avait été le fruit de son concours,
Les compagnons, les amis de sa gloire,
Bien inspirés, l'avaient nommé TROIS-JOURS.
Combien de gens, inconnus à l'époque,
Ont, comme lui, pris des titres nouveaux
Et sont sortis obscurs de leur échoppe
Pour s'installer brillants dans les châteaux !...

Quant à *Trois-Jours*, député de la clique,

De ses amis qui voulaient par sa voix
Revendiquer d'imprescriptibles droits,
Il demanda, — sur la place publique, —
Que l'on rendît quelques meilleures lois,
Que l'on donnât aux siens le libre choix
De surveiller l'étable ou la boutique,
De promener dans le jardin des rois
Ou de chasser sans permis despotique
Près des marais, sur les monts, dans les bois.
Il voulut plus : il proscrivit les sièges
Et les tapis des roquets courtisans ;
Hurla *haro* contre les privilèges
Et célébra les mâtins artisans.

Il s'exprimait avec beaucoup de flamme,
Il commandait des chiens prêts à japor.
On lui promit d'adopter son programme
Et l'on parvint, hélas ! à le tromper.
De cet espoir flatteur et plein de charmes
Après avoir nourri leur vanité,
Il renvoya tous ses compagnons d'armes
Sur leurs paillers dormir en liberté.
« *A bas la laisse !... au feu les muselières !...* ».
Dans leur langage acclamaient-ils partout
Se retirant avec leurs têtes fières ;
Mais de leur mal ils n'étaient pas au bout.

CHANT II.

Pendant hélas ! qu'accroupis dans leurs niches,
Ils sommeillaient sous la foi des serments,

Il arrivait un tas de garnements
De la province, et mâtins et caniches,
Et chiens d'arrêt à la curée ardents,
Tous disposés, pour qu'on graissât leurs dents,
A partager la fortune des riches.
On écouta leurs désirs et leurs vœux,
Dès que leur foule incessamment accrue
Permit de voir qu'ils étaient plus nombreux
Que les vainqueurs, les héros de la rue.

On replaça tout comme auparavant
D'indignes chiens sur des lits de princesse;
Dans le jardin on n'entra plus sans laisse;
On défendit d'aller, le nez au vent,
Sur des chevreuils courir avec vitesse;
Par un oubli coupable et décevant,
On ne tint pas une seule promesse,
Et tout bientôt revint comme devant.

Oh! qui pourra noblement vous décrire
Le désespoir de *Trois-Jours* attristé?
Oh! qui pourra dignement vous redire
De ce malheur comme il fut irrité?...
Honni par ceux qu'il aurait dû proscrire
Et qu'il aurait hier pu faire occire,
Il se vit seul....seul et persécuté!
Lors il promit de ne plus compromettre
Pour des ingrats ni ses jours, ni sa peau,
Et de ne plus fourrer son cher museau
Dans les combats dont le lâche et le traître
Savaient tirer un profit si nouveau.

Il eut mépris de Paris, cette ville
Où ses pareils craignent les assommeurs,
Où, — de leurs droits insolents contempteurs, —
Les habitants, dans leur rage incivile,
Aux meilleurs chiens refusent les faveurs
Qu'ils vont donner à la race inhabile

Des roquets vils et des bassets flatteurs.
Pour un heureux on y peut en voir mille
Qui du destin maudissent les rigueurs.
Si quelques-uns, — disons-le sans reproches, —
Lapent dans l'or, dorment sur le velours
Et sont nourris chaque jour de brioches,
Il en est tant qui pâtissent toujours !...
D'un pied souffrant ceux-ci tournent les broches,
Ceux-là s'en vont chargés de fardeaux lourds,
Ici la corde et là force taloches.....
Puis Montfaucon....Montfaucon redouté
Par les excès des bourreaux canophages...
Partout enfin cette vaste cité
Lui présentait d'odieuses images
Qui révoltaient sa canine fierté.
Dût-il braver la mer et ses orages,
Il veut partir....Lecteurs, il partira,
Et vous saurez où bientôt il ira,
Si vous lisez encore quelques pages.

Trois-Jours, avant de quitter les beaux lieux
Témoins ingrats de ses rares prouesses,
Voulut du moins adresser des adieux
A ses amis, surtout à ses maîtresses.
Il eut grand tort : admirateurs ardents
Du nouvel ordre établi par l'émeute,
Les moins mauvais lui montrèrent les dents
Et contre lui se ruèrent en meute.
Près des beautés qu'il regretta toujours
Il ne fut pas plus heureux, je vous jure ;
Femmes de chiens, hors le temps des amours,
Sont — on le sait — froides de leur nature,
Et le galant manque toujours son but,
S'il n'attend pas qu'elles viennent en rut
Pour leur parler d'amour et de luxure.

Désappointé par tous ces contre-temps,
Il s'en allait, quand soudain il découvre

Un vieil ami qui, les poils tout sanglants,
Pleurait, couché sur les tombeaux du Louvre.
Il s'approcha plein d'un touchant transport :
« *Que fais-tu là ?* lui dit-il en sa langue ;
» *Viens avec moi chercher un meilleur sort.* »
Il répondit à sa courte harangue :
« *Non , non, ici, triste j'attends la mort ;*
» *Je ne veux pas survivre à ma misère.*
» *Du lourd sommeil mon maître en ce lieu dort,*
» *Et près de lui je veux que l'on m'enterre.* »

Trois-Jours en vain essaya de fléchir
De son ami le désespoir louable ;
Point ne parvînt à le faire sortir
De cette place à jamais mémorable ;
Et, — comme lui ne voulant pas mourir, —
D'aller ailleurs il jugea préférable.

En ces jours-là, d'un élan général
Les jeunes gens se portaient vers l'Espagne,
Vers la Belgique ou vers le Portugal ;
Tous désiraient d'aller faire campagne.
Chaque matin il sortait de Paris
De braves gens qui se formaient en groupes ,
Et qui , bientôt sur trois rangs réunis,
S'expatriaient et s'en allaient par troupes
Porter la guerre en de lointains pays
Où, selon eux, pour flamber les étoupes,
Il ne fallait que leur souffle et leurs cris.

Trois-Jours voulut se glisser à leur suite ;
Il eut l'esprit de croire, en vérité,
Que par l'un d'eux s'il était adopté,
A peu de frais et toujours sûr d'un gîte ,
Il pourrait bien avec commodité
Faire un voyage ardemment souhaité.

CHANT III.

SOMMAIRE : Trois-Jours *adopté par un détachement de volon-*
taires. — Il part pour l'Afrique. — La route de Paris à
Toulon, la mer de Toulon à Alger n'altèrent pas sa pré-
cieuse santé. — Il assiste à un combat, protège la retraite,
se conduit avec beaucoup d'intrépidité.

Vers les hauteurs où s'élève Montrougé,
Près du chemin qui conduit à Corbeil,
Blotti derrière un sale et vilain bouge,
Il attendait, au lever du soleil,
Qu'il apparut sur le bord de la route
Quelque tambour précédant bruyamment
Un formidable et long détachement,
Pour les combats expédié sans doute.
Ses nobles vœux ne furent pas trompés :
Deux cents héros, sans habit et sans armes,
Usaient gaîment leurs pantalons rapés
Sur les chemins, en chantant les gendarmes
Par eux vaincus et par eux écharpés.

Devant *Trois-Jours*, — quoique mal équipés, —
Ils étaient beaux, brillants et pleins de charmes.

Il les suivit d'abord timidement
Et, — chaque fois qu'on faisait une pause, —
Pour l'un ou l'autre il sautait vivement,
Levait la queue, aboyait gentiment,
Ou, pour mieux plaire, essayait autre chose.
Il se trouvait au bout de son savoir,
Quand un troupier, — croyant le reconnaître,
Et lui jetant un morceau de pain noir, —
Se déclara son protecteur, son maître ;

Puis, de sa main faisant un polissoir,
Frotta ses poils qui semblèrent renaître
Et qui vraiment étaient jolis à voir.

Depuis ce jour il ne mange et ne jape
Qu'avec les preux dont il est compagnon.
A la grand'halte, aussi bien qu'à l'étape,
Il a partout une part du rognon
Ou du pain bis qu'à chacun il attrape.
Toujours joyeux et rarement grognon,
On le chérit, personne ne le tape,
Et rien ne manque à ce petit mignon,
Heureux, content et fier comme un satrape.

Au corps-de-garde il va coucher parfois,
Et, — quand la salle est un peu trop petite, —
La sentinelle, au fond de sa guérite,
Fait une place à notre fin matois.
Des pauvres chiens la caserne est l'asile,
Avec plaisir ils s'y trouvent admis ;
Et les soldats, au cœur bon et facile,
En tous les temps se montrent leurs amis.

Chers auditeurs, quand mon esprit s'égare
Et s'aventure, ainsi qu'un étourdi,
Sans expliquer ce qu'il faut qu'il vous narre,
Ah! sans pitié daignez me crier : *Gare!*
Dut mon tympan par vous être assourdi ;
En devisant j'ai commis un oubli,
Certes, il est temps qu'ici je le répare.

Les *tourlourous* sous qui marchait *Trois-Jours*,
Ne couraient point aux champs de la Belgique
Ni vers l'Espagne ; ils portaient leur concours
A leurs amis, les vainqueurs de l'Afrique,
Pays barbare où, sous un ciel inique,
Beaucoup d'entr'eux doivent finir leurs jours.

Entre Paris et Toulon, la distance
Est un peu grande, et pourtant notre chien,
Sans maladie et presque sans souffrance,
La traversa d'un coup comme un ancien.
Il s'amusa souvent, à chaque gîte;
Quand on voyage on peut changer d'objet :
Comme on n'a pas le temps d'être indiscret,
Celles qu'on veut cèdent mieux et plus vite.

Sur un navire hérissé de trois mâts,
Le quadrupède, héros de ce poème,
Fut, à Toulon, porté par des soldats
Qui, pour l'avoir, prenaient un soin extrême,
Et chaque fois savaient le protéger
Contre les vœux du capitaine même,
Peu disposé, par goût et par système,
A conserver un pareil passager.
Il n'était point natif de Terre-Neuve,
Il n'avait point connu le Labrador;
Mais de la mer, — je dois le dire encor, —
Avec courage il supporta l'épreuve.
Il débarqua sur le môle d'Alger,
Comme un gaillard qui vient de voyager
Sans avoir eu de chose qui l'émeuve,
Et qui ne craint ni fièvre ni danger.

Dix jours après il suivit dans la plaine
Le bataillon où son maître comptait,
Et qui, guidé par un vieux capitaine,
Près de l'Atlas bravement se portait.
Ces Parisiens qu'on appelait canailles,
Et qui, pieds nus, marchaient au champ d'honneur,
Furent vaillants au milieu des batailles;
On admira leur martiale ardeur,
Et sur le sol jonché de funérailles
On les trouva nobles par leur valeur.
Sous leur chemise et sale et dégoûtante,

Sous leurs habits déchirés et poudreux,
Battait un cœur ardent et généreux,
Et se cachait une âme entreprenante.
Mais leur valeur alors ne suffit pas
Pour éloigner l'horreur d'une défaite,
Et de ces monts gras de tant de trépas,
Tous nos guerriers durent quitter le faîte
Pour commencer encore des combats
Et protéger une utile retraite.

Trois-Jours se fit de nouveau remarquer ;
L'Arabe alors put sentir ses morsures.
Puis, fatigué de mordre et d'attaquer,
De nos Français il léchait les blessures,
Ou découvrait des sources d'ondes pures
Lorsque la soif allait nous suffoquer.

Il fit bien plus, et je dois à sa gloire
De raconter, en fidèle écrivain,
Un trait de lui bien digne de mémoire
Et fort connu sous le ciel africain.

CHANT IV.

SOMMAIRE : *Les puits de la Métidja. — Chûte, souffrances
et désespoir d'un maraudeur. — Sa mort était certaine s'il
n'avait été sauvé par Trois-Jours. — Effet produit dans
l'armée par cette belle action.*

La *Métidja*, dans sa large étendue,
Loin des *douars*, sur des points incertains,
A de grands puits dérobés à la vue
Par des cactus ou par des palmiers-nains.
Le voyageur quelquefois, par bévue,
Tombe et rencontre en ses vils souterrains

Une mort lente, odieuse, imprévue.
Une eau saumâtre y croupit son poison,
On y peut voir des reptiles immondes
Rôder autour, et dans ces noires ondes
On perd la voix, la vigueur, la raison,
Asphyxié d'odeurs nauséabondes
Par une horrible et sale exhalaison.
Or, un soldat, quand pour reprendre haleine
Son bataillon s'arrêtait un moment,
Voulut courir un peu la prétentaine;
Il s'écarta seul et secrètement
Pour marauder au milieu de la plaine.
Il marchait vite et portait ses regards
Non devant lui, mais sur la cime ombrée
Des arbres vers montrant de toutes parts
Le citron jaune et l'orange dorée,
Quand tout-à-coup le sol devant ses pas
Vint à manquer; il tombe dans l'abîme
Qu'en avançant il ne remarquait pas
Et qui, béant, à sa triste victime
Offre soudain les horreurs d'un trépas
Plus laid encor que ce que je l'exprime.

Plusieurs moments il resta suspendu
Sur le cloaque empli d'ondes fétides,
De désespoir, de dégoût éperdu,
Clouant ses pieds dans les parois humides,
Et par instinct étranglant dans ses mains
Les troncs pourris de quelques palmiers-nains.
Il eut fallu des rameaux plus solides;
Pour supporter le poids lourd de son corps;
Ceux des palmiers n'étaient pas assez forts,
Et vainement avec courage il lutte;
Bientôt, malgré de surprenants efforts,
Au fond du gouffre il roule et, dans sa chûte,
Fait rebondir la fange jusqu'aux bords.

De ses esprits quand il reprit l'usage,

Il mesura l'effrayante hauteur
De cette tombe où, dans la fleur de l'âge,
Il doit mourir de faim et de douleur.
Auprès de lui l'impure salamandre
Et la sangsue attachée à son flanc,
Dans ce petit mais effroyable étang
Vont le forcer fréquemment à défendre
Son pauvre corps et son malheureux sang.

Vingt fois ses mains et ses pieds réussirent
A l'exhausser dans ce gouffre profond,
Vingt fois ses pieds et ses mains le trahirent
Et, plus souffrant, il retombait au fond.
Tantôt tranquille et tantôt furibond,
Vers ses amis qui, plus loin, se retirent,
Poussant des cris à qui nul ne répond,
Et puis, songeant aux maux qui le déchirent,
Il demeurait sans force et moribond.

Son havre-sac à ses larges épaules
Pendait encor quand il se laissa cheoir.
Il contenait un morceau de pain noir,
Un peu de riz avec des féverolles
Et des biscuits durs et vermiculés
Comme partout, — lorsqu'on est en campagne, —
On en délivre aux soldats appelés
Pour plusieurs jours à battre la campagne.

Trois fois du creux de sa noire prison
Le grenadier, avec des regards sombres,
Avait revu, — pour faire place aux ombres,
Le jour quitter son étroit horizon.
De ses biscuits délayés dans la fange,
Sa bouche avait dévoré le dernier,
Et, dans son sein privé de ce mélange,
La faim déjà commence de crier;
Et son palais, trop délicat, repousse
Les vers impurs, les racines, la mousse

Que dans ses dents il tente de broyer
Pour assouvir l'appétit qui le pousse.

Ah ! c'en est fait... la mort, la pâle mort
— Mais une mort et sans gloire et sans charmes —
Vient ajouter à l'horreur de son sort
Et de ses yeux arrache encor des larmes.
Oh ! si du moins au milieu des combats,
Le front sanglant, la poitrine meurtrie,
Il avait pu conquérir un trépas
Cher à son cœur, utile à sa patrie ;
Mais rien ne doit charmer son agonie :
Le désespoir décolore son teint,
Et de ses jours le flambeau qui s'éteint
Ne jette plus qu'une flamme ternie.
Par le chagrin ses traits sont contractés,
Et la pâleur de l'une et l'autre joue
Prête à ses yeux de blafardes clartés.
Il voit ployer ses genoux dans la boue ;
La pesanteur de son malheureux corps
De ses jarrets a lassé les ressorts,
Et, — sans pouvoir empêcher qu'elle tombe, —
Il sent, hélas ! sa tête qui succombe
Et lentement s'abaisse vers ses piés
Par le limon quasi putréfiés.
Il va mourir... rien ne peut... mais soudain
Un bruit étrange arrive à son oreille,
Et, lui donnant un espoir incertain,
De sa torpeur tout-à-coup le réveille.
Près d'expirer dans l'infâme caveau,
Avec effort il lève ses paupières
Et voit briller les yeux et le museau
Du brave chien qui suivait nos bannières
Et qui venait l'arracher au tombeau.
C'était *Trois-Jours* qui, trottant dans la plaine,
Pour découvrir une claire fontaine
Avait été, — grâce à son odorat, —
Conduit tout seul vers la fosse malsaine

Où la douleur étreignait le soldat.
Pour s'arrêter quelques instants sans doute,
Le régiment bivaquait près de là ;
Le chien, avant qu'on se remit en route,
A sa manière au secours appela.
Il aboya si long-temps et hurla
Avec tant d'art, de force et d'harmonie,
Qu'autour de lui vite se rassembla
Des grenadiers la belle compagnie.
Alors du puits il leur montra le fond,
Et chacun d'eux aisément put entendre
Les faibles cris du pauvre moribond.

On se hâta près de lui de descendre,
Et quand, — pour prix de leurs communs efforts, —
Ils eurent pu le hisser au dehors,
On vit partout la gaîté se répandre ;
On s'embrassa plein de joyeux transports,
Et *Trois-Jours* fut heureux de les comprendre.
Et puis, choyé, caressé tour-à-tour,
Objet d'estime et peut-être d'envie,
Avec celui qui lui devait la vie
Il partageait l'intérêt et l'amour
De tous les preux qui, durant ce beau jour,
De sa conduite avaient l'âme ravie.
Le cœur du brave est rarement ingrat,
Et, — dans Alger tout aussi bien qu'en France, —
Le chien chéri qui sauva le soldat
Jusqu'à sa mort vit la reconnaissance
Orner ses jours et de soins et d'éclat.

CHANT V.

SOMMAIRE : *Inconstance de la fortune. — Admiration, enthousiasme provoqués par* Trois-Jours. *— Nombreux amours qu'il inspire et partage. — Conquête et trahison de* Vasti. *Vengeance de l'amant trompé. — Sa punition.*

La jalousie est l'ombre de la gloire.

Nul ici bas n'arrive à la célébrité
Sans que l'envie et la malignité
N'aient essayé de flétrir sa mémoire.
Dieu, qui sait tout, — si j'en crois Azaïs, —
Dans tous les temps et dans tous les pays
A compensé bien par mal sur la terre :
Au bon Socrate il oppose Anétus ;
Il crée exprès Zoïle pour Homère ;
Près de César il amène Brutus,
Et met Fréron sur les pas de Voltaire.
Aux nations, comme aux individus,
Il fait payer dans sa haute sagesse
Les mêmes droits et les mêmes tributs.
Et les amis de mon glorieux chien
Pensent qu'il est à l'abri de la haine !...
Non soit pour lui, soit pour la race humaine,
Du Capitole au rocher Tarpéein
Il n'est qu'un pas, la chose est trop certaine.
Or, ses lauriers si brillants et si beaux
Ne mettront pas à couvert de la foudre
Le grand *Trois-Jours* et ses nobles travaux.
Contre la dent de ses nombreux rivaux
A se défendre il devra se résoudre.
Ainsi toujours quelques méchants esprits
Se font un jeu d'abaisser le génie ;
Ainsi toujours la loupe de l'envie
Voit une tache au soleil d'Austerlitz.

Or, dans Alger, au retour de la plaine,
Le régiment vint tenir garnison.
Il fut logé dans l'antique prison
Où des vieux deys la race souveraine
Avait placé sa royale maison ;
Maison si riche en souvenirs tragiques,
Et dont alors les corridors obscurs,
Et les salons, et les cours, et les murs
Brillaient ornés de belles mosaïques.

Du bout du môle au front de la *Casba*,
De Matifou jusques à la Hamise,
De *Bab-Azoun* au val de Mustapha,
Partout enfin dans la ville conquise
On s'occupait du fait rare et touchant
Que vous avez lu dans le dernier chant.
Chacun voulait jouir de l'avantage
De contempler le chien libérateur,
Et — jour ou nuit — un peuple admirateur
Allait vers lui, comme en pélerinage.
On admirait son modeste embarras,
On lui trouvait des beautés que j'ignore,
On lui prêtait des grâces qu'il n'eut pas,
Et l'on vantait jusques à son poil ras...
Qui l'avait vu voulait le voir encore...
On oubliait, pour venir près de lui,
Les maux du corps et les chagrins de l'âme ;
Et maint époux a pu souffrir l'ennui,
Pour le revoir, d'accompaguer sa femme.

Dans ce plaisant et dangereux pays ,
Où le soleil rend la chair si facile ,
Où le plaisir, la volupté, les ris ,
Semblent avoir établi leur asile,
On ne pouvait s'occuper de *Trois-Jours*
Sans essayer de conserver sa race
Et de donner aux folâtres amours
Le soin charmant de payer son audace.

Mahon, Palma, Malte avaient dans ces lieux
Mille beautés brillantes d'élégance,
Et l'Italie, et l'Espagne, et la France
Egalement y comptaient de beaux yeux.
On en trouvait fort peu de l'Algérie
Aux préjugés constamment asservie ;
Mais on pouvait voire de Tomboctou
Y rencontrer la négresse jolie ;
Il en venait même je ne sais d'où ,

Au poil châtain, ou blanc, ou noir, ou pie.
Pour tous les goûts et pour toutes les mœurs
Elles étaient certes de bonnes prises.
On en avait de toutes les couleurs
Et quelquefois on en voyait de grises.
C'était joli; mais les chiens, aux abois,
Etaient nombreux bien plus que les femelles;
Elles pouvaient sans risque être cruelles
Et, sans jeûner, refuser maintes fois.

L'heureux *Trois-Jours* n'en vit pas de rebelles.
Sa renommée assurait son bonheur,
Et chaque jour des amantes nouvelles
Se complaisaient à charmer son ardeur.
Chacune avait l'espérance flatteuse
De prolonger la race belliqueuse
D'un chien rempli de gloire et de valeur :
Ainsi l'on vit, — sur les débris des trônes
Qui grandissaient Alexandre vainqueur, —
La Talestris, reine des Amazonnes,
Venir porter l'hommage de son cœur.

Depuis la chûte et le malheur des anges,
Depuis que Dieu créa notre univers,
On n'a point vu de plaisir sans mélanges,
Et le triomphe est voisin du revers.
Notre héros en fournit une preuve.

Du gouverneur qui commandait alors,
La chienne, hélas ! ni charmante, ni neuve,
Lui prodiguait ses plus secrets trésors.
Il délaissait les plus tendres pour elle,
Et l'on voyait, tristes de son oubli,
Languir *Diane*, et *Junon*, et *Bibi*.
Bibi surtout, si douce et si fidèle :
Elle aimait mieux que l'altière *Vasti*
Et gémissait comme une tourterelle.

Un soir *Vasti* fut lasse de *Trois-Jours*.
L'aristocrate aimait peu la roture,
Et par hasard, par goût, par aventure,
Au froid honneur de ses fades amours
Ne l'admettait jamais long-temps, je jure;
Car l'inconstance est la fille des cours.
Et puis *Trois-Jours* hantait les corps-de-garde,
Il y prenait une odeur de tabac;
Son nez pointu comme une hallebarde,
Son poil de veau bon pour un havre-sac,
Sa queue hardie élevée en trompette,
Son cou trop court pour son énorme tête,
Donnaient vraiment à notre auguste chien
Un extérieur un peu trop plébéien.

On voulut donc le quitter pour un autre,
Sans nul retard, sans nul ménagement.
Lui n'était pas un assez bon apôtre
Pour la céder à ce nouvel amant;
Il les guetta, les surprit l'un et l'autre,
Et les mordit fort cavalièrement.
Grande rumeur!... La noble compagnie
Loin du palais chassa cet importun.
On n'en parlait qu'avec ignominie,
On lui trouvait un air bas et commun,
On se moquait et de sa jalousie
Et du dépit qu'il ressentait encor;
On approuvait la sotte fantaisie
Qui conduisait *Vasti* près de *Phanor*.

Ce n'est pas tout. On lui ferma l'entrée
De ce palais cher et délicieux,
Pour n'avoir pas voulu fermer les yeux
Devant les torts d'une amante titrée.
On l'exila même, et vers d'autres lieux
Il fut contraint de transporter son être.

Sera-t-il mal, lecteur? sera-t-il mieux?...

Je n'en sais rien, ni vous non plus peut-être.
Dans tous les cas nous pourrons le connaître
Dans l'autre chant que je vais me permettre
De dérouler sous vos aimables yeux.

CHANT VI ET DERNIER.

SOMMAIRE: *Indiscrétion et exil de Trois-Jours. — Son arrivée à Bougie. — Le blockaus des Chiens. — Son évasion. — Son retour en France. — Sa mort et son enterrement à Dunkerque.*

Un sot orgueil, fils de la vanité,
Près de *Vasti*, fière et lubrique femme,
Avait tenu notre chien arrêté
Dans les anneaux d'une coupable flamme.
Un autre orgueil, fils de l'indignité,
Mit des levains de haine dans son âme.
Il fut ingrat, — et j'en suis irrité,
Mais écrivain fort de ma conscience,
Je veux ici dire la vérité,
La vérité, rien que la vérité. —
Il fut ingrat, il rompit le silence
Et mit au jour de la publicité
La ridicule et large incontinence
Qui de *Vasti* fait la célébrité.
Monadelschi d'une obscure Christine,
Il fut puni seulement par l'exil.
Ce châtiment le préservera-t-il
Des maux affreux dont l'ire féminime
Voudrait, hélas! entourer son chenil?...
Puisse le ciel veiller sur son échine
Et protéger son mufle!... Ainsi soit-il...

Or, un matin dans les murs de Bougie,

Où depuis peu brillait notre drapeau,
Du Gouraya la constante vigie
Annonce au loin l'approche d'un vaisseau.

De tous les points on accourt au rivage
Et — dans les rangs du bataillon nouveau
Qui va gaîment débarquer sur la plage, —
On voit *Trois-Jours*, triste mais toujours beau,
Avec *Bibi* qui, durant le voyage,
L'a consolé des mépris du château.

De son renom on connaissait l'histoire,
Mais de *Vasti* l'ordre était positif;
Et nul n'osa chanter tout haut la gloire
Du quadrupède errant et fugitif
Que poursuivait une vengeance noire.

Contre le flanc et le centre d'un mont
Qui porte au ciel l'orgueil d'un large front
Et qui domine à la fois ville et plaine,
Est un *blockaus* où veille une douzaine
De chiens dressés pour la garde qu'ils font.
Pendant le jour ils restent à la chaîne,
Pendant la nuit on les lâche, ils s'en vont
Rôder autour de leur petit domaine
Qu'avec valeur toujours ils défendront.
Chacun d'entr'eux jouit d'un beau salaire,
A chaque jour droit à la ration,
Et reçoit comme un soldat ordinaire
Riz, viande, sel, pain de munition,
Hormis le vin, bu par un militaire
Qui, tous les soirs, les met en faction.

Dans ce blockaus, *Trois-Jours* mis à l'attache,
Ne pouvait pas se faire à son malheur;
Avec dépit il remplissait la tâche
Dont s'indignait sa martiale ardeur,

Et le dépit hérissait sa moustache
Quand il songeait qu'il était tour-à-tour
Garde la nuit et prisonnier le jour.
Or, une fois, il se cabre, il se fâche ;
La liberté vient sourire à son cœur.
Il ne veut plus dans ce poste d'honneur
Etre enchaîné comme un esclave lâche,
Comme un lévrier sans âme, sans vigueur.
Près de la mer finement il se cache,
Peu soucieux d'être cru déserteur.
— Aucun serment, nulle loi, que je sache,
Ne force un chien de serf ou de seigneur
A respecter le lien qui l'attache
Et l'esclavage, objet de son horreur.

Il fit donc bien... il fera mieux encore,
Et, — sans quitter le drapeau tricolore, —
En d'autres lieux il se transportera.
Vers ce Paris qu'en secret il adore
Avec ivresse il s'acheminera ;
Mais (à regret il faut que je le dise)
Sans y pouvoir aller il le verra ;
Avant d'entrer sur la terre promise,
Ainsi Moïse autrefois expira.

Point ne dirai comment près du rivage
Il fut reçu dans un frêle bateau,
Puis déposé sur un joli vaisseau,
Puis reporté sur la fertile plage
Qui voit Toulon sortir du sein de l'eau.
Rien en cela n'étonne, — je le gage, —
Combien de gens qui valent mieux qu'un chien,
Commodément, sans qu'on en sache rien,
Ont comme lui fait un pareil voyage?...

Point ne dirai par quel effet du sort
Il fut conduit de Toulon à Grenoble

Et de Grenoble à Dunkerque, où sa mort
Fut exemplaire au moins autant que noble.

Non, désormais pour notre chien guerrier
Qu'en ce moment la tombe décompose,
Le cyprès doit succéder au laurier,
L'odeur de l'if à celle de la rose.

Amis lecteurs, si vous allez jamais
Pour visiter Dunkerque et ses murailles,
Que ce vieux port mutilé par l'Anglais
Et ces remparts témoins de vingt batailles
N'arrêtent point vos regards satisfaits;
Que l'estacade aux madriers solides,
Que ce salon pour la danse et l'amour,
Que cette église et son antique tour,
Le *Rosendal* et ses bosquets humides,
Sans les lasser émoussent tour-à-tour
Les sentiments dont vous êtes avides.
Et puis venez, tristes et soucieux,
Sur le terrain où le soldat novice
Deux fois par jour s'instruit à l'exercice;
Là, loin du bruit des flots tumultueux,
Près d'un canal où coule une eau propice,
Est un tombeau dont maintes fois les preux
Vont arroser la mousse protectrice.
Là... gît *Trois-Jours*... mil huit-cent trente-neuf
Le vit mourir au fond de la caserne.
Quelques soldats, le cœur gros et l'œil terne,
L'ont enterré dans un cercueil tout neuf.

Le souvenir de sa touchante histoire
Toujours chéri se conserve toujours :
Chaque chambrée est pleine de sa gloire,
Et son beau nom fut mis, — on peut m'en croire, —

Par le canif sur les arbres des cours ,
Par le couteau sur les bancs des cantines ,
Par le charbon sur les murs des cuisines ,
Par l'épinglette au cuivre des tambours.

TABLE.

—

FIN.